Das Mädchen und der Gitarrist

Roman

Herstellung und Verlag:
BoD – Books on Demand, Norderstedt
ISBN: 9783757801021

Copyright 2019
Überarbeitete Version 2022
by Doris Bühler

© Valentinash / Depositphotos.com
Cover: Tom Jay

1.

Sie stand vor dem großen Spiegel in Mamas Schlafzimmer und betrachtete die Gestalt, die ihr entgegenblickte: Der Elf *Wandranoff.*

Sie musste lachen. Schön, ganz genauso wie in dem Buch aus ihren Kindertagen sah er nicht aus, doch mit ein bisschen Fantasie war er zu erkennen. Und Fantasie, das war schließlich etwas, was sie im Überfluss besaß.

Sie hatte sich eine grasgrüne Strumpfhose besorgt, und aus einem Rest braunem Filz, den sie sich von Anna erbettelt hatte, hatte sie sich eine Weste genäht. Anna war Schneiderin, und weil sie ihr manchmal in ihrer Nähstube half, hatte sie ihr gezeigt, wie man das macht.

Obwohl der echte *Wandranoff* unter seiner Weste eine rote Bluse mit weiten Ärmeln trug, musste sie sich mit einer weißen Hemdbluse zufriedengeben, dafür hatte sie aber irgendwo einen roten Fez als Hutersatz erstanden. Nun hoffte sie, dass niemand herausfand, dass der Elf eigentlich kein Orientale gewesen war, sondern eine Zipfelmütze hätte tragen sollen.

Von ihrem Bruder Francois hatte sie sich einen Leder-gürtel stibitzt und von ihrer kleinen Schwester Ayshe ein rotes Tuch, das sie sich um den Hals knotete. Was das Schuhwerk betraf, hatte sie auf ihre hohen Winterschuhe zurückgegriffen. Blieb also nur noch die Frage offen: Was sollte sie mit ihren Haaren machen? Eigentlich war sie doch froh gewesen, dass sie ihr endlich bis auf die Schultern reichten, nun wäre es allerdings günstiger gewesen, sie wären etwas kürzer und würden besser unter den Fez passen.

Noch während sie verschiedene Frisuren ausprobierte, öffnete sich die Tür einen Spaltbreit und Francois steckte den Kopf herein.

„Was machst du denn in Mamas Schlafzimmer, Kia?", fragte er flüsternd. „Du doch weißt genau, dass sie nicht will, dass wir es betreten. Sie wird wütend werden, wenn sie es erfährt."

„Sie wird es nicht erfahren, wenn du es ihr nicht verrätst. Dies ist der einzige Raum mit einem so großen Spiegel, dass man sich von Kopf bis Fuß darin sehen kann. Ich wollte doch wissen, wie ich in meinem Kostüm aussehe."

Francois zog eine Grimasse. „Irgendwie bescheuert", meinte er.

Sie ärgerte sich. „Wieso denn? Man kann doch erkennen, dass es *Wandranoff* ist, den ich darstelle, oder nicht?"

„Schon möglich, aber wer ist denn schon so blöd, sich in eine Kinderbuchgestalt zu verwandeln? Außerdem hatte *Wandranoff* keine langen Haare."

„Das weiß ich auch. Ich bin gerade dabei, auszuprobieren, wie ich sie unter den Fez kriege."

„Du musst sie irgendwie oben auf dem Kopf festmachen. So einen Dutt, mit Gummibändern vielleicht. Unter dem Fez ist doch Platz genug."

„Das weiß ich auch", wiederholte sie, während sie sich oben auf dem Kopf einen Pferdeschwanz band, ihn verdrehte wie eine Kordel und dann mit Haarklammern feststeckte.

„Außerdem lebt *Wandranoff* nicht in Bagdad. Mit einem Fez hättest du dich besser als Alladin verkleidet."

„Der hatte doch keine grünen Strumpfhosen."

Er krauste die Nase. „Mach, was du willst, aber du solltest so schnell wie möglich hier verschwinden. Wenn Mama kommt..."

„Ja, ja, ich weiß."

Mama hatte den Kindern verboten, ihr Schlafzimmer zu betreten, und das hatte ganz bestimmte Gründe. Kia wusste nicht, ob Fancois und Ayshe, die beide jünger waren als sie, inzwischen begriffen hatten, warum. Es könnte nämlich sein, dass sie einen fremden Mann in Mamas Bett finden würden, oder dass irgendwelche komischen Sachen herumlägen, von denen selbst sie anfangs nicht gewußt hatte, was sie bedeuteten. Inzwischen war sie siebzehn und nicht mehr ganz so dumm, wie ihre Mama glaubte. Trotzdem war sie froh darüber, dass sie sie noch immer genauso wie ihre jüngeren Geschwister behandelte, - als Kind eben. Es hätte ihr nicht gefallen, wenn sie sie in ihre Geheimnisse als Frau eingeweiht hätte. Inzwischen war sie ja teilweise selbst schon dahintergekommen.

Als der Fez einigermaßen saß, verließ sie das Schlafzimmer wieder, drehte von außen den Schlüssel herum und versteckte ihn in der untersten Schublade der Garderobe. Natürlich wusste jeder von ihnen, wo dieser Schlüssel lag, - selbst Ayshe mit ihren acht Jahren, - und Mama wusste, dass sie es wussten. Aber sie war der Ansicht, dass sie ihre Kinder gut genug erzogen hatte, sodass sie ihr gehorchten, wenn sie etwas sagte, und dass sich keiner von ihnen traute, den Schlüssel aus der Schublade zu nehmen, - nur, um einen Blick in ihr Schlafzimmer zu werfen.

„Wann holt dich der Marcel denn ab, Kia?", fragte Francois vom Wohnzimmer her, wo er sich die Simpsons im Fernsehen ansah.

„Er wird jeden Augenblick hier sein", rief sie zurück.

Sie warf noch einen schnellen Blick in den kleinen Spiegel im Flur. Noch war alles in Ordnung, das Haar gebändigt unter dem Fez. Doch sie wusste, zu stürmisch durfte sie sich nicht bewegen, wenn es so bleiben sollte.

Sie tippelte mit erhobenem Kopf und wie ein Storch im Salat aus dem Haus, als sie Marcel dreimal hupen hörte, und steif wie eine Schaufensterpuppe stieg sie dann auch in den alten Mercedes ein. Mattes, Winnie, Magnus und Pink saßen schon drin. Pink war das einzige Mädchen außer Kia. Eigentlich hieß sie Rosa, aber Pink bedeutete ja fast das-

5

selbe und hörte sich doch wesentlich hübscher an. Sie war als Prinzessin verkleidet und brauchte viel Platz für ihren weiten Rock, aber es machte Kia nichts aus, dass sie ihn über ihren Knien ausbreitete. Solange sie selbst nur den Kopf stillhalten konnte und das Haar unter ihrem Fez nicht in Gefahr geriet.

„Mensch, ist dir nichts Besseres eingefallen, als diese Märchenfigur?" fragte Pink kopfschüttelnd.

Kia schnaubte. „Es kann ja nicht jeder eine Prinzessin sein, oder?", schmollte sie.

Mattes und Winnie hatten sich gemeinsam vorn auf den Beifahrersitz gezwängt. Der Gurt umspannte beide, und zusammen hatten sie etwa den Umfang eines dicken Mannes. Winnie war Marcels kleiner Bruder, er war ein so schmales Kerlchen, dass man ihn ohne Probleme in jede noch so enge Lücke hätte stecken können. Magnus saß hinten bei den Mädchen, was ihm gar nicht gefiel, und die ganze Fahrt über redete er dann auch kein einziges Wort mit ihnen.

Eigentlich hatten sich die Jungs schon während der Fahrt ihre Masken aufsetzen wollen, - eine Teufelsmaske, eine, die irgendwo in Star Wars vorkam und die eines krokodil-ähnlichen Ungeheuers. Aber Marcel hatte es nicht erlaubt, aus Angst, dass sie schon im Auto anfangen könnten, ihre Kämpfe auszutragen und dadurch alle in Gefahr zu bringen. Marcel war der Älteste, zwei Jahre älter als Kia. Schon sehr vernünftig und erwachsen, wie sie fand, nur leider sah er wirklich nicht besonders gut aus. Jedenfalls nicht gut genug, als dass sie ihn als Freund hätte haben wollen. Jedenfalls nicht als festen Freund. Als Chauffeur war er allerdings immer recht praktisch.

Nach einer halben Stunde Fahrt auf der Autobahn kamen sie endlich am Ziel an, und das war diesmal die große Buchausstellung, die zweimal im Jahr stattfand. - Nicht, dass jemand eine falsche Vorstellung von der kleinen

6

Gesellschaft bekam: Sie alle waren zwar nicht dumm, und bis auf Magnus waren sie auch alle recht gut in der Schule. Sie lasen auch hin und wieder gern mal ein Buch, doch zu den echten Leseratten zählte keiner von ihnen. Dass sie es trotzdem kaum hatten erwarten können, auf diese Ausstellung zu fahren, lag nur daran, dass man sich als Besucher verkleiden konnte, dass man sich zeigen konnte, wie man sich selbst gern gesehen hätte: Als Prinzessin, als Teufel, als Ungeheuer oder als Mitglied irgendeiner Sternenflotte. Und Kia wollte diesmal einen Nachmittag lang der Elf *Wandranoff* sein. Der Elf, der mit den Blumen und Bäumen sprechen konnte, der die Tiere beschützte, und der den Kindern wunderschöne Geschichten erzählte. Sie hatte ihn schon als kleines Kind geliebt, als sie noch gar nicht selbst lesen konnte. Sie hatte das Buch überall mit hingeschleppt, bis es ganz unansehnlich geworden war und voller Eselsohren, Flecken und Knicken. Später hatte sie es dann versteckt, aus Angst, Mama könnte es eines Tages entsorgen.

Sie waren natürlich nicht die einzigen, die sich verkleidet hatten, überall auf dem Gelände der Buchausstellung wimmelte es nur so von Märchengestalten, Filmhelden und Fantasiefiguren. Sogar einige Erwachsene hatten da mitgemacht.

Zunächst setzten sie sich erst einmal vor einem Kiosk zusammen, um etwas zu trinken und um zu besprechen, wie sie vorgehen wollten. Die Jungs interessierten sich vor allem für Weltraum- und Abenteuergeschichten, sie hatten sich notiert, in welcher der Hallen sie die entsprechenden Verlage finden würden. Pink mochte am liebsten Love-Stories, sie hatte sich vorgenommen, sich mindestens ein oder zwei neue Bücher zu kaufen.

Keiner von ihnen hatte Lust, sich mit Kia die neuesten Fantasy-Romane oder Comics anzusehen, - nicht einmal Winnie, obwohl er der Jüngste in der Runde war. Der wollte viel lieber zu den Großen zählen, deshalb wich er Mattes und Magnus nicht von er Seite. Und weil Pink auch nicht mit Kia gehen wollte, schloss sie sich den Jungs an.

„Also gut", meinte Marcel schließlich, „treffen wir uns in zwei Stunden wieder genau hier. Dann können wir was essen und uns überlegen, wie's weitergeht. Ist das in Ordnung für euch?"

Marcel war der einzige, der nicht verkleidet war, so ein Kostüm sei ihm zu kindisch, hatte er gesagt. Er hatte auch ganz andere Interessen, als die anderen, und die Bücher, die er sich ansehen wollte, hatten mit Technik zu tun, mit Entdeckern und Erfindern und anderen berühmten Leuten.

Sie hatten sich also zunächst alle einen großen Becher Cola am Kiosk gekauft, doch weil Kia nicht so schnell trinken konnte, war ihr Becher noch beinahe voll, während die anderen ihren fast schon leergetrunken hatten. Mattes mit der Teufelsmaske kabbelte sich schon wieder ein bisschen mit Magnus, dem Raumfahrer, der eine wich dem anderen aus, und... dabei schubste er Kia, und sie schüttete fast den ganzen Inhalt ihres Bechers über die Jeansjacke eines fremden Mannes. Die tropfte regelrecht, und sogar seine Hose hatte etwas abbekommen. Er fluchte leise und schaute finster um sich. Vor allem sah er Kia böse an, weil sie es ja gewesen war, deren Cola ihm die Bescherung eingebrockt hatte.

„Verdammt noch mal, kannst du denn nicht aufpassen?"

„Entschuldigung", stammelte sie, „das wollte ich nicht. Wirklich nicht." Ihr war das richtig peinlich, und sie überlegte, wie sie ihm helfen könnte, seine Sachen wieder trocken und in Ordnung zu kriegen. Aber sie konnte doch keinen fremden Mann anfassen.

Marcel kam herüber, er wusste genau, wer schuld an der Sache gewesen war.

„Sorry", sagte er zu dem Mann, „sie kann wirklich nichts dafür, sie ist geschubst worden, ich hab's gesehen."

Der Mann, der angefangen hatte, mit einem Taschentuch seine Jacke und die Hosenbeine trocken zu reiben, hob den Kopf und sah Kia an.

„Sie?" fragte er ganz entgeistert.

Marcel lachte. „Ja, sie ist ein Mädchen, auch wenn's nicht so aussieht."

Kia wurde rot, - einerseits, weil sie sich ein bisschen schämte, nicht wie ein Mädchen auszusehen, aber auch, weil sie sich wahnsinnig darüber ärgerte, wie Marcel das über sie gesagt hatte. Normalerweise sah sie nämlich immer aus wie ein Mädchen. Der Grund dafür, dass es diesmal anders war, war ja der, dass sie ihr Haar unter dem Fez versteckt hatte, und dass sie absichtlich den BH weggelassen hatte, weil der Elf *Wandranoff* schließlich keinen Busen haben durfte. Sie schaute an sich hinunter und stellte fest, dass der Mann sie aber dennoch als Mädchen hätte erkennen müssen, denn ein kleines bisschen wölbte sich die Bluse an den entsprechenden Stellen doch. Möglicherweise war das aber auch durch die Weste verdeckt worden.

Obwohl er nun wusste, dass sie ein Mädchen war, schaute er sie auch nicht freundlicher an. Er brummte etwas, wischte noch immer an seiner Jacke herum und verschwand schließlich hinter dem Kiosk.

Von da an ging jeder seines Weges. Im Grunde war Kia froh, dass sie alleine war, die anderen waren ihr inzwischen längst ein bisschen auf den Geist gegangen.

Langsam lief sie auf die Halle zu, von der sie wusste, dass sie darin ihre Lieblingslektüre finden würde. Nun hatte sie zwei Stunden lang Zeit, zu stöbern. Doch immer wieder blieb sie stehen und bewunderte die Kostüme anderer junger Besucher, fragte sie, wen sie darstellten oder wie das Buch hieß, in das sie hineingehörten. Ariella, die Meerjungfrau gefiel ihr am besten, sie sah wunderschön aus. Sie hatten den gleichen Weg, sie wollte ja auch zu den Fantasiegeschichten, deshalb hielt Kia sich an ihrer Seite und sprach sie an.

„Mein Gott, du siehst ja traumhaft aus. Hast du das Kostüm selbst gemacht? War das nicht schwierig, die Schwanzflosse so hinzukriegen, dass du noch einigermaßen gut laufen kannst?"

Die Meerjungfrau lachte. „Nein, das habe ich nicht selbst gemacht, sowas könnte ich gar nicht. Es ist fertig gekauft, meine Eltern haben es mir zum Geburtstag geschenkt."

Oh, wie Kia sie beneidete. Mama würde ihr niemals so etwas schenken, und Vater hatte sie ja keinen.

Das hübsche Meereswesen sah Kia von oben bis unten an. „Wer bist du denn eigentlich? Ich meine, wen stellst du dar?"

„Ich bin der Elf *Wandranoff.*"

„Wer ist denn das? Den kenne ich gar nicht."

„Er stammt aus einem meiner Kinderbücher, ich habe ihn sehr geliebt damals."

„Und er sah so aus?" fragte sie ungläubig.

„Naja, ungefähr so. Ich glaube nicht, dass man ein fertiges Kostüm von ihm kaufen kann, deshalb habe ich selbst versucht, es einigermaßen gut hinzukriegen."

„War das ein persisches Märchen?"

„Nein, warum? - Ach du meinst, wegen dem Fez, den ich auf dem Kopf habe? Nein, eigentlich trägt er eine Art roter Zipfelmütze, aber finde mal auf die Schnelle was Passendes."

„Und Schuhe hatte er sicher auch andere", grinste Ariella, „oder war er auch Skifahrer?"

Das reichte. Anstatt froh darüber zu sein, dass sie so spendable Eltern hatte, machte sie sich über andere lustig. Außerdem hatten sie inzwischen die richtige Halle erreicht, das war eine gute Gelegenheit, ihre Begleitung wieder loszuwerden. Mochte sie als Ariella noch so wunderschön aussehen, Kia hatte genug von ihr. Trotzdem gab sie sich

Mühe, so nett wie möglich zu lächeln. „Also, dann werd' ich mich mal auf die Suche nach meinem Elfen machen, und du kannst dich nach anderen Meeresbewohnern umsehen."

„Ja, das mach' ich", lachte die Meerjungfrau. „Vielleicht sehen wir uns ja später noch mal."

Das Buch vom Elfen *Wandranoff* gab es leider nicht mehr, aber die Dame vom Verlag konnte sich noch gut an ihn erinnern. Und ihr schien auch zu gefallen, wie Kia zurechtgemacht war, denn sie bot ihr Platz an und schenkte ihr ein Glas Orangensaft ein. Einen Augenblick lang hatte sie Angst, sie könnte ihn wieder verschütten, allerdings war ja niemand da, der sie hätte schubsen können. Die nette Dame zeigte ihr dann die neuesten Kinder- und Märchenbücher des Verlages, und sie meinte, wenn sie mal Kinder hätte, sollte sie beizeiten dafür sorgen, dass sie Bücher in die Hand bekämen, das sei sehr wichtig für eine Kinderseele.

Als nächstes hörte sie eine Weile den Leuten zu, die auf dem Stand eines Rundfunksenders interviewt wurden. Sie kannte sie nicht, aber das wollte nichts heißen. Sie hörte selten Radio, und wenn, dann nur Musik. Trotzdem fand sie es interessant, was sie zu sagen hatten, vor allem die Autorin, die ein Buch über das Leben um die Jahrhundertwende geschrieben hatte. Um die vorletzte Jahrhundertwende natürlich. Damals ging es den Menschen noch nicht so gut, wie heute, vor allem den Frauen nicht. Sie hätten sich nicht einfach verkleiden und auf eine Buchausstellung gehen können.

Danach sprach ein weißhaariger alter Mann über seine Erlebnisse in den Urwäldern von Afrika. Als dann eine Frau kam, die über Politik redete, ging Kia wieder. Sie verstand zu wenig davon, deshalb konnte sie nicht beurteilen, ob jemand mit seiner Ansicht recht hatte oder nicht.

Weil die zwei Stunden, bis sie sich alle wieder treffen wollten, immer noch nicht rum waren, dachte sie, sie könnte sich noch mal irgendwo etwas zu trinken holen. Vielleicht eine Cola, von der letzten war ihr ja nicht viel geblieben. Sie fand einen Stand, an dem sie sogar billiger war, - obwohl sie vermutete, dass der Becher dementsprechend kleiner ausfiel. Vor dem Ausschank stand aber eine so lange Schlange, dass sie sich fragte, ob ihr Durst wirklich so groß war, dass sie die Warterei hätte in Kauf nehmen wollen. - Nein, wollte sie nicht. Sie machte also kehrt, stolperte, - und warf einen Stuhl um. Gott sei Dank saß niemand darauf. Und als sie strauchelte, hielt sie sich an einem der Tische fest. Der kippte zur Seite, und alle Pappteller, mit und ohne Currywurst drauf, rutschten herunter. Oh mein Gott, sie hätte im Erdboden versinken mögen. Zum Glück war nur eine einzige Frau wirklich böse mit ihr, die anderen waren, trotz allem, recht freundlich und sahen ein, dass sie das nicht mit Absicht gemacht hatte. Eine Frau fragte sie sogar, ob ich sich verletzt hätte.

Das Schlimmste an der Sache aber war, dass etwas abseits vom Geschehen ein Mann stand, der alles beobachtet hatte, und das war genau der, dem sie die Cola über Jacke und Hose geschüttet hatte. Jetzt stand er da und grinste. Durch das Grinsen sah er eigentlich ganz nett aus, jedenfalls netter als in dem Augenblick, in dem er ihr böse gewesen war. Die Colaflecken schienen inzwischen getrocknet zu sein, sie waren auch etwas verblasst. Ihr fiel auf, dass er lange, im Nacken zusammengebundene Haare hatte, das fand sie ungewöhnlich für einen Mann in seinem Alter. Aber gut, dachte sie, wenn es ihm gefiel...

Schnell wandte sie den Blick ab, er sollte ja nicht denken, sie könnte ihn in irgendeiner Weise interessant finden.

Sie lief zu den Anlagen hinüber, wo es sich Gruppen von jungen Leuten auf dem Rasen bequem gemacht hatten. Dort lagen, saßen und hockten sie, diskutierten, tratschten und lachten und schienen viel Spaß miteinander zu haben. Bei dem Anblick musste sie seufzen, denn so etwas wäre mit ihren Begleitern undenkbar gewesen. Sie stellte sich Magnus und Mattes sitzend oder liegend auf dem Rasen vor. Und diskutierend. - Niemals! Dazu Pink in ihrem Prinzessinnenkleid! Auf keinen Fall würde sie sich damit ins Gras setzen.

Danach lief Kia noch ein paarmal durch die Hallen und stöberte bei einem Taschenbuchverlag in den Neuerscheinungen. Einer der Romane hieß *„Auf einmal war der Himmel wieder blau"*, und auf der Rückseite las sie, dass es darin um zwei Verliebte ging, die sich nach langer Zeit endlich gefunden hatten. Bisher war der Himmel für beide nur grau gewesen, doch nun, da sie zusammen waren, war er endlich wieder blau, und die Sonne schien. Sie drehte das Buch hin und her, sie hätte es wahnsinnig gern gelesen.

Sie zog ihr Portemonnaie aus der Gürteltasche und rechnete, wieviel ihr noch übrigblieb, wenn sie sich etwas zu essen und noch ein oder zwei Becher Cola kaufen würde, und sie stellte fest, es würde auch noch für das Buch reichen. Gerade mal so. Notfalls würde ihr Marcel ganz sicher etwas leihen. Obwohl..., wenn es dazu kommen sollte, müsste tatsächlich der Notfall eingetreten sein.

Sie nahm das Buch noch einmal zur Hand, las erneut die Geschichte auf der Rückseite, dann fasste sie sich ein Herz und hielt es dem jungen Mann hin, der für den Stand zuständig war.

„Ich möchte das kaufen", sagte sie zu ihm.

Er schien sich sehr darüber zu freuen, wahrscheinlich hatte er bisher noch nicht allzu viele der Bücher verkauft. „Das ist ein sehr schöner Roman", sagte er, „er wird Ihnen sicher gefallen."

Sie lächelte, gab ihm das Geld und nahm das Buch, das er in ein Tütchen gesteckt hatte, in Empfang. Aber wohin damit? Sie lief ein paar Schritte vom Stand weg, damit er nicht sah, wie sie versuchte, es in ihr Gürteltäschchen zu zwängen. Sie musste es ein bisschen drücken und biegen, aber sie dachte, selbst, wenn es nicht mehr so schön und neu aussah, wenn sie nach Hause kam, das würde ja nichts am Inhalt ändern.

Als sie zum vereinbarten Treffpunkt kam, war von den anderen noch keiner da. Sie setzte sich auf eine der Bänke, die zum Kiosk gehörten und wartete.

Irgendwann fragte sie jemanden nach der Uhrzeit, - es war schon fast eine Stunde drüber. Sollte sie zu spät gewesen sein? Hatten sie auf sie gewartet und waren dann gegangen? Aber wohin!? Sie schaute sich suchend um. Überall Menschen, Menschen, Menschen, - aber bekannte Gesichter sah sie keine.

Sie nahm sich vor, fortan in der Nähe des Treffpunkts zu bleiben. Irgendwann würden sie dorthin zurückkommen, schließlich wollten sie ja alle mit Marcel wieder nach Hause fahren.

Inzwischen knurrte ihr Magen, sie hatte Hunger. Sie ging zum Kiosk hinüber, wollte wissen, was es dort alles gab und wieviel es kostete: Bratwurst aus Rind- oder Schweinefleisch, mit Senf, Mayo oder Ketchup, Currywurst normal oder besonders scharf, als Beilage Pommes oder ein Brötchen...

Sie entschied sich für eine Bratwurst mit Brötchen und stellte sich an der langen Reihe vor der Ausgabe an. Währenddessen ließ sie ihren Blick in die Runde schweifen, weil sie hoffte, doch noch einen ihrer Freunde zu entdecken. Doch vergebens!

„He, schlaf nicht ein", sagte jemand hinter ihr, weil sie nicht schnell genug aufgeschlossen hatte, nachdem es ein bisschen weitergegangen war. Er gehörte zu einer Gruppe älterer Jungs, die in silberfarbenen Raumanzügen steckten. Er fuchtelte mit seinem Plastikschwert herum und zog seine Maske soweit ins Gesicht, dass er glaubte, ihr damit Angst machen zu können. Aber sie lachte ihn nur aus.

Das hätte sie vielleicht nicht machen sollen, denn kaum hatte er seine Currywurst, flüsterte er mit seinen Freunden, zeigte auf sie und schien ihnen den Vorschlag zu machen, sie ein bisschen zu ärgern. Plötzlich schwirrten sie alle um sie herum, zogen an ihrer Weste, an ihrem roten Halstuch, versperrten ihr den Weg... Sie versuchte, ihnen auszuweichen, jonglierte ihre Bratwurst in Richtung der Tische und Bänke, um sich zu setzen. Doch dann stupste einer von ihnen mit seinem Schwert gegen ihren Fez, und der fing an zu wackeln. Sie war erschrocken, - hatte sie doch schon den ganzen Tag über Angst gehabt, er könnte sich nicht bis zum Schluss auf ihrem Kopf halten. Nun war es soweit: Er rutschte herunter, fiel auf den Boden, und ihre langen Haare breiteten sich über ihren Schultern aus.

Erstaunt schauten ihre Widersacher sie an, dann schienen sie sich plötzlich einig zu sein, dass es weit mehr Spaß machte, ein Mädchen zu ärgern, als jemanden, den sie für einen Jungen gehalten hatten. Sie griffen nach ihr, hielten sie an den Armen fest, fassten sie dort an, wo sie den Busen vermuteten... Sie wehrte sich so gut sie konnte, schlug um sich und... ließ dabei ihre Bratwurst fallen. Darüber lachten sie grölend, stellten ihr ein Bein, sodass sie wieder stolperte, und dann..., auf einmal packte jemand einen von ihnen vorn an der Brust und hinten am Kragen, hob ihn hoch und setzte ihn mit lautem „Herrgott nochmal, was seid ihr bloß für Kerle!" neben den anderen ab. Sofort ließen sie sie los, und mit dummen Gesichtern verdrückten sie sich hinter den Kiosk.

Sie atmete auf, obwohl ihr Herz noch immer wie verrückt klopfte. Schon hatte sie ein Dankeschön auf den Lippen, schaute sich um, und... stand schon wieder vor demjenigen, dem sie an diesem Tag schon zweimal zuvor begegnet war: Dem Mann in der Jeansjacke.

„Ist heute nicht dein Tag, was?", meinte er.

„Nein, wirklich nicht." Sie schaute auf die Bratwurst zu

ihren Füßen. Sie lag zwar immer noch auf dem Pappteller, aber nur noch zur Hälfte, und sie überlegte, ob sie sie aufheben, saubermachen und wenigstens noch einen Teil von ihr essen könnte.

Der Mann schien ihre Gedanken zu erraten. „Du wirst doch wohl hoffentlich nicht...?"

Das war eigentlich keine Frage. Er zog sie am Arm zum nächststehenden Tisch, drückte sie an den Schultern auf die Bank und sagte: „Du bleibst jetzt hier sitzen, bis ich wiederkomme, Kleine, in Ordnung?"

Sie war noch so durcheinander, dass sie nur nicken konnte. Erst als sie wieder ruhiger atmete, schaute sie sich nach ihm um und sah ihn in der Reihe vor der Bude stehen. Kurz darauf kam er mit einer neuen Bratwurst und einem großen Becher Cola zurück und setzte beides vor ihr auf dem Tisch ab.

„So, jetzt stärkst du dich erst mal", meinte er, aber er grinste wieder, dadurch hatte sie das Gefühl, dass er sie nicht ganz ernst nahm. Trotzdem sagte sie: „Danke", und noch einmal: „Danke, dass Sie mich vor den Idioten gerettet haben."

Er nahm auf der Bank ihr gegenüber Platz und sah ihr zu, wie sie in die Bratwurst biss.

„Das Geld dafür kann ich Ihnen erst geben, wenn Marcel hier ist. Ich habe nicht mehr viel übrig, weil ich mir ein Buch gekauft habe."

„Nicht nötig, Kleine, das spendier' ich dir."

Während sie noch einmal „Danke" sagte, versuchte sie, ihn aus den Augenwinkeln zu beobachten. Er war schon älter, - etwa so alt, dass er ihr Vater hätte sein können. Er hatte eine tiefe Falte auf der Stirn und eine ziemlich dicke über der Nasenwurzel.

Es wunderte sie noch immer, dass sie ihm an einem einzigen Tag, und trotz der vielen Besucher auf dem Gelände, gleich dreimal begegnet war. Hatte er sie etwa wegen der verschütteten Cola verfolgt? Oder hatte er andere Absichten? „Hast du mich etwa verfolgt?", fragte sie ihn unvermittelt, und im nächsten Augenblick war sie erschrocken, weil sie ihn geduzt hatte. Das war ihr einfach so herausgerutscht. Er schien zwar nicht erschrocken darüber zu sein, aber auch nicht darüber, dass sie ihm unterstellt hatte, sie verfolgt zu haben. Trotzdem hob er die Augenbrauen und schaute sie nachdenklich an.

Sie hob abbittend die Hände. „Sorry, ich dachte, wenn Sie mich duzen, dann kann ich Sie auch duzen, oder nicht?"

Er lachte. Und das Seltsame war, wenn er lachte, sah er ganz anders aus, da hatte man plötzlich das Gefühl, als ginge in seinem Gesicht die Sonne auf. Sie konnte einfach nicht mehr wegsehen und war ganz verwirrt.

„Du hast recht", meinte er, noch immer lachend, „bleiben wir also beim Du." Er reichte ihr über den Tisch die Hand. „Ich bin der Jonas, und wer bist du?"

„Ich... ich heiße Kia."

„Kia?", fragte er verwundert. „Wie das Auto?"

„Ja - nein. Meine Freunde nennen mich nur so. Eigentlich heiße ich Chiara."

„Oh, was für ein schöner Name."

Sein Blick glitt über ihr Haar, das, wie sie befürchtete, jetzt schrecklich aussehen musste. „Ein hübscher Name für ein hübsches Mädchen."

„Jetzt machst du..., machen Sie..., ich meine, ...machst du dich über mich lustig."

Er wurde wieder ernst. „Nein, überhaupt nicht. Ein italienischer Name, stimmt's? Kommen deine Eltern aus Italien?"

„Angeblich war mein Vater Italiener."

„Was heißt ,angeblich'? Kennst du ihn nicht?"

„Keiner von uns kennt seinen Vater." Sie überlegte, wie sie ihm das erklären sollte. Aber..., musste sie das das überhaupt? Eigentlich ging ihn das gar nichts an. Allerdings..., er hatte ja nur ganz nett und freundlich gefragt.

„Der Vater meines Bruders Francois war ‚angeblich' Franzose, der meiner kleinen Schwester Ayshe Türke. So, jetzt wissen Sie... weißt du alles über meine Familie, den Rest kannst du dir denken."

Er schaute sie nachdenklich an, sagte aber nichts mehr dazu.

„Und du?", fragte sie, „was ist mit deiner Familie?"

„Ich habe keine."

„Das gibt's doch nicht, jeder hat eine Familie. Irgendwie."

Einen Augenblick lang lachte er wieder dieses nette Lachen, das ihr so gefiel, dann sagte er: „Naja, meine Eltern kamen ursprünglich aus Norwegen. Inzwischen sind sie aber längst gestorben."

„Und Geschwister?"

„Hatte ich keine."

Sie betrachtete ihn noch einmal eingehend. Eigentlich sah er gar nicht übel aus, wenn er nicht gerade ein zu ernstes Gesicht machte, weil er sich über jemanden ärgerte. Hatte er wirklich keine Familie? Keine Frau, keine Kinder? Sollte sie ich ihn danach fragen oder machte man das nicht?

„Hast du mich wirklich nicht verfolgt?", fragte sie stattdessen. „Ich meine, es ist doch seltsam, dass wir uns heute immer wieder begegnet sind."

„Purer Zufall. Warum hätte ich dich denn verfolgen sollen?"

„Vielleicht aus Rache dafür, dass ich dir die Cola über die Jacke geschüttet habe. Oder aber auch..."

„Ja?"

„Vielleicht suchst du... Naja, ich habe mal im TV gesehen, dass sich manche Männer so ein..." Sie war ganz verlegen geworden, aber nun hatte sie schon mal mit diesem Thema angefangen. „...dass sie sich so ein ‚Sugar-Babe' suchen. Ein junges Mädchen, das..."

Nun lachte er wieder, und sie war hin- und hergerissen

zwischen peinlich berührt, weil sie vielleicht gerade etwas Dummes gesagt hatte und fasziniert von diesem Lachen.

„Und du glaubst, dass ich so ein Mädchen suche?"

Sie hob die Schultern. „Vielleicht?"

„Denkst du, dass ich mich in diesem Fall für dich entschieden hätte, Kleine?"

Das klang fast ein bisschen spöttisch. Aber er hatte ja recht, für sowas war sie tatsächlich nicht hübsch genug. Sie wand sich vor Verlegenheit. „Nein, wahrscheinlich nicht."

Er zwinkerte ihr zu. „Jedenfalls nicht in diesem Aufzug. - Aber ich kann dich beruhigen, ich hatte und habe keine derartigen Absichten. Heut habe ich einfach nur einem kleinen Pechvogel aus der Patsche geholfen. Ohne jeden Hintergedanken. - Nun zufrieden?"

Sie nickte. "Ja, ok."

Er grinste immer noch. „Wie wär's mit noch einer Bratwurst?"

Sie hatte gerade den letzten Bissen hinuntergeschluckt. „Oh nein, danke. Jetzt bin ich satt." Sie fühlte sich tatsächlich ein bisschen gestärkt.

Am liebsten hätte sie jetzt mit der Fragerei weitergemacht, denn wenn sie jemanden neu kennenlernte, wollte sie immer gleich alles über ihn wissen. Aber so richtig traute sie sich noch nicht, deshalb fing sie mit dem Naheliegendsten an.

„Welche Bücher hast du dir denn angesehen hier auf der Ausstellung?", fragte sie ihn. Sie dachte, er könnte vielleicht denselben Geschmack haben, wie Marcel und sich für Abenteurer, Entdecker und Erfinder interessieren.

„Über Musik", war seine kurze Antwort.

„Über Musik?" Sie wunderte sich. „Gibt es wirklich Bücher über Musik? Sind das dann Romane und Geschichten, in denen ein Geiger oder ein Klavierspieler oder ein anderer Musiker die Hauptrolle spielt, oder sowas in der Art?"

Er lachte wieder. „Nein, keine Romane. Aber es gibt beispielsweise Bücher über berühmte Komponisten, in denen ihr Leben beschrieben wird, und in denen erzählt wird, wie sie dazu gekommen sind, großartige Musik zu schreiben. Dann gibt es Bücher über Instrumente. Über die Leute, die sie herstellen und die, die sie meisterhaft beherrschen. Außerdem gibt es Bücher über Techniken und Methoden, wie man lernen kann, auf einem bestimmten Instrument zu spielen oder auch, wie man sein Können verbessern kann."

„Wow." Sie hörte ihm mit offenem Mund zu. Über so etwas hatte sie sich bisher noch nie Gedanken gemacht. Natürlich mochte sie Musik, doch nie war sie auf die Idee gekommen, ein Instrument zu erlernen. Das lag wahrscheinlich daran, weil sie wusste, dass Mama niemals damit einverstanden gewesen wäre. Sie erinnerte sich, dass Ayshe sie einmal um eine Blockflöte gebettelt hatte, da hatte sie ihr ziemlich deutlich klargemacht, dass sie für sowas kein Geld hatte.

„Spielst du auch ein Instrument?", fragte sie ihn.

Er nickte. „Ja, ich spiele Gitarre."

„Oh, ich mag Gitarre, Marcel hat auch eine. An Sommerabenden, wenn wir alle zusammen im Garten sitzen, spielt er manchmal, und wir singen dazu. Das ist immer richtig romantisch."

Er lächelte. „Ich spiele in einer Band, deshalb sind meine Gitarren ein bisschen anders, als die von Marcel."

„Anders? Wie denn anders?"

Er seufzte. „Es ist schwer, jemandem, der keine Ahnung davon hat, den Unterschied zu erklären. Vielleicht solltest du mal zu einem unserer Auftritte kommen und dir anhören, wenn ich spiele."

Sein Vorschlag gefiel ihr. „Oh ja, das würde ich gerne tun. Wie heißt denn eure Band? Und wo spielt ihr?"

„Unsere Band heißt *DragonFire*, und wir spielen überall

im Umkreis, wo man uns hören will. Wenn du mir sagst, wo du wohnst, kann ich dir einen unserer Auftritte raussuchen, der deinem Wohnort am nächsten liegt."

„Wir kommen alle aus Bretzingen, kennst du das?"

„Aber ja, ich komme oft in die Gegend. Unser Keyboarder wohnt in Winterfeld, meistens proben wir bei ihm zu Hause. Und in Winterfeld haben wir auch unseren nächsten Auftritt, nächsten Samstag in der Sporthalle. Das ist nicht weit von Bretzingen. Ich würde mich wirklich freuen, wenn du kommen könntest."

„Ich werd' mal mit Marcel reden, vielleicht fährt er mich hin. Aber ich glaube, ich könnte auch mit dem Bus fahren."

„Gut." Er lachte. „Ich werde meinen Musikerkollegen sagen, dass sie ganz besonders gut spielen müssen."

Sein Lachen erinnerte sie wieder daran, dass sie bisher noch immer nicht alle Fragen gestellt hatte, auf die sie gern eine Antwort gehabt hätte.

„Wird... deine Frau auch dort sein? Ich würde sie gern kennenlernen."

„Ich bin nicht verheiratet."

Das konnte sie fast nicht glauben, aber sie hatte gehört, dass sich Musiker gern dort, wo sie auftraten, nach hübschen Mädchen umsahen.

„Hast du immer noch nicht die Richtige gefunden? Auswahl hattest du ja sicher genug."

Er antwortete nicht gleich, sah nur gedankenverloren auf seine Hände, die vor ihm auf dem Tisch lagen. Er hatte schöne Hände, lange schlanke Finger, und er trug keinen Ring. Dann blickte er auf und sah sieh an. Irgendwie traurig.

„Es ist nicht einfach, die Richtige zu finden. Vor allem, wenn man sie einmal gefunden und dann wieder verloren hat."

Sie ärgerte sich über sich selbst, weil sie überhaupt davon angefangen hatte. Schließlich konnte es ihr egal sein, ob er verheiratet war oder nicht. Jetzt hatte sie ihn traurig gemacht, und das hatte sie wirklich nicht gewollt.

Im gleichen Augenblick sah sie, wie sich Marcel suchend durch die Menschenmenge in ihre Richtung quälte. Sie stand auf und fuchtelte mit den Armen. „Hierher, Marcel, ich bin hier!", rief sie.

Es dauerte eine Weile, bis er sie entdeckte, und bis er es dann zu ihnen geschafft hatte. Als er vor ihr stand, ließ er seinem Zorn freien Lauf.

„Das nächste Mal könnt ihr alleine sehen, wie ihr herkommt", fuhr er sie an. „Glaubt ihr, es macht mir Spaß, das ganze Gelände nach euch abzusuchen?"

Es war ihr peinlich, dass er sie vor ihrem neuen Freund so herunterputzte, als hätte er irgendein Recht dazu. Schließlich war er weder ihr älterer Bruder noch in irgendeiner Weise sonst mit ihr verwandt. Doch sie wollte keinen Streit.

„Es tut mir leid, Marcel. Irgendwie bin ich mit der Zeit durcheinandergekommen."

Er überhörte ihren Einwand, sah sie nur kopfschüttelnd an. „Und wie siehst du überhaupt aus?"

Erst jetzt wurde ihr bewusst, dass sie den Fez verloren hatte und ihr Haar nun völlig unfrisiert herumhing. Mit den Augen suchte sie die Stelle, wo die Raumfahrer sie geärgert hatten, doch wenn der Fez dort in den Schmutz gefallen war, hatte ihn inzwischen längst jemand aufgehoben und mitgenommen.

„Sei ihr nicht böse, Marcel", mischte sich nun auch der Jonas mit ein, „sie hat allerhand Hindernisse zu bewältigen gehabt. Da ist einiges nicht so gelaufen, wie es hätte laufen sollen."

„Und er hat mir geholfen", warf sie dazwischen, „sonst wäre es noch viel schlimmer gekommen."

Marcel schaute den für ihn noch fremden Mann misstrauisch an. „Kennt ihr euch?" fragte er. Dann schien es ihm zu dämmern. „Ach, sind Sie nicht der..."

„Ja, er ist der, dem ich die Cola über die Jacke geschüttet habe. Aber er hat mir verziehen, und wirklich, wenn er nicht gewesen wäre, wer weiß, was mir noch alles passiert wäre."

Kurze Zeit später trudelte auch Mattes mit seinem Gefolge ein. Winnie mit einem verbundenen Arm, Magnus mit einer demolierten Maske und Pink in einem schmutzigen Prinzessinnenkleid.

„Was ist denn mit euch passiert?" fragte Marcel fassungslos. „Beim Bücher angucken wird das ja wohl kaum passiert sein, oder?" Jetzt war ihm sogar Kias zerzaustes Aussehen egal.

Winnie fing an zu heulen, die anderen drei drucksten herum. Marcel schrie sie an: „Mein Gott, ich will wissen, was los war."

Schließlich erzählten sie stockend, dass sie in den Anlagen mit einer Gruppe verkleideter Ungeheuer aneinandergeraten waren. Winnie war dabei unglücklich hingefallen und hatte sich am Arm verletzt. Sie hatten ihn dann zum Zelt vom Roten Kreuz gebracht, wo er verarztet worden war.

„Mein Gott!", rief Marcel noch einmal und hielt sich den Kopf. „Das war das letzte Mal, dass ich euch mitgenommen habe. Das allerletzte Mal, verstanden?"

Er packte Winnie am gesunden Arm. „Wir fahren jetzt nach Hause, und ich will keinen Ton mehr von euch hören!"

Jonas hatte die Szene beobachtet, und Kia hatte das Gefühl, als könnte er Marcel gut verstehen. Er zwinkerte ihr zu. „Da hast du ja sogar noch mal Glück gehabt", meinte er.

Sie lachte ihn an und nickte.

„Bleibt es dabei: Am nächsten Samstag in Winterfeld?", fragte sie ihn.

„Das liegt an dir, meine Einladung steht."

„Gut." Sie streckte ihm die Hand hin. „Dann bis zum nächsten Samstag."

Er zwinkerte noch einmal, sie lächelte, dann folgte sie Marcel zum Ausgang.

Letztendlich war es doch ein interessanter Tag gewesen, fand sie.

2.

Am nächsten Samstag stahl sich Kia wieder in Mamas Schlafzimmer, um sich im großen Spiegel zu betrachten. Doch diesmal war kein Elf *Wandranoff* zu sehen, sondern ein hübsches Mädchen, das aber noch immer nicht ganz mit sich zufrieden war. Trotz wiederholter Anproben und vieler Versuche hatte Kia immer noch nicht herausgefunden, was ihr am besten stand. Zum Schluss hatte sie sich für eine Jeans und ein T-Shirt entschieden, - ein knallrotes T-Shirt mit dem Aufdruck ,Super-Girl'. Würde sie damit gut ankommen beim Konzert in der Sporthalle von Winterfeld?

Das Haar mußte sie diesmal nicht verstecken, im Gegenteil. Es reichte ihr bis zu den Schultern, und es glänzte genauso seidig, wie es das spezielle Glanz-Shampoo, das sie benutzt hatte, laut Aufschrift versprochen hatte. Auch die Frage der Schuhe war diesmal schnell geklärt, denn da gab es im Augenblick nur eine einzige Wahl: die neuen Sneaker mit den roten Schnürbändern, um die sie sogar Francois beneidete.

Sie betrachtete sich kritisch im Spiegel. Soweit schien alles in Ordnung zu sein, stellte sie zufrieden fest. Stand nur noch die Frage im Raum: Sollte sie sich ein bisschen schminken oder doch lieber nicht? Normalerweise war sie kein Freund davon. Einmal, weil sie den Aufwand dafür scheute, zum anderen, weil sie nicht wollte, dass die Leute sie auslachten wie Pink bisweilen, wenn sie wieder einmal zu tief in ihre Farbtöpfchen gegriffen hatte. Naja, etwas Lippenrot konnte nicht schaden, sofern man sparsam damit umging.

Noch ein letzter Blick in den Spiegel, - dann verließ sie

Mamas Schlafzimmer wieder und legte den Schlüssel zurück an seinen geheimen Ort.

Zwar hatte sie Marcel gefragt, ob er sie nach Winterfeld fahren würde, - sie hatte gedacht, der Auftritt von *DragonFire* würde vielleicht auch ihn interessieren, denn schließlich kannte er ja auch schon einen der Musiker, - doch er wollte nicht, angeblich hatte er etwas anderes vor. Kia wußte nicht, ob das stimmte oder nur eine Ausrede war. Egal, sie beschloß mit dem Linienbus zu fahren, das war fast genauso bequem, weil es zwei Häuser weiter in ihrer Straße eine Haltestelle gab.

Da sie sich in Winterfeld nicht sehr gut auskannte, fragte sie den Busfahrer, wo man aussteigen mußte, wenn man zur Sporthalle wollte. Er lachte sie an. „Ah, auch ein Fan von *DragonFire?*", fragte er.

Sie hob die Schultern. „Das weiß ich noch nicht so genau. Bis jetzt habe ich sie noch nie spielen hören."

„Na, dann wird's aber Zeit, ist eine gute Band. Die machen super Musik."

Und um ein bisschen anzugeben, sagte sie: „Ich kenne den Gitarristen."

„Ah, den Jonas? Ist ein Klasse-Typ, der Mann."

Sie hob die Augenbrauen. Super Musik, Klasse-Typ, - na, warten wir mal ab, dachte sie. Sie wollte sich selbst ein Urteil bilden und herausfinden, ob Jonas wirklich besser Gitarre spielen konnte, als Marcel.

Der Eintritt kostete zehn Euro, das war nicht gerade wenig. Wenn man die Busfahrt dazurechnete... Naja, sollte ihr die Band gefallen und sie sie irgendwann mal wieder hören wollen, mußte sie sich eben überlegen, wie sie zusätzlich ein bisschen Geld auf die Seite legen konnte. Vielleicht könnte sie Anna noch ein paarmal in der Nähstube helfen oder Besorgungen für sie machen. Sie könnte auch die Hunde aus der Nachbarschaft ausführen, oder aber auch kleine Kinder, wenn's unbedingt sein musste.

Vor dem Eingang der Sporthalle war schon allerhand los. Sie hatte gar nicht damit gerechnet, dass so viele Leute an diesem Konzert interessiert sein könnten, und als die Türe endlich geöffnet wurde, fingen sie auch noch an zu drängeln und zu schubsen. Sie hielt sich ein bisschen zurück, weil sie sich sagte, dass sie auch auf einem der hinteren Plätze beurteilen konnte, ob Jonas tatsächlich der bessere Gitarrenspieler war.

Auf einmal rief der junge Mann, der neben der Tür stand und aufpasste, dass trotz des Gedränges alles einigermaßen friedlich ablief: „Wer heißt denn hier Chiara?"

Kia schaute sich zuerst einmal um, weil sie ja nicht wußte, ob es noch andere Chiaras in ihrer Nähe gab. Doch niemand meldete sich, also hob sie den Arm und rief ihm zu: „Ich. Ich heiße Chiara."

Er drängte sich ihr einen Schritt entgegen, griff dann, über die Köpfe und Schultern der Leute vor ihr hinweg, nach ihrem Arm und zog sie zu sich hinüber.

„Du bist Chiara?"

„Ja. Warum?"

Mit einer Kopfbewegung forderte er sie auf, ihm zu folgen.

„Ich habe doch noch gar keine Karte."

„Brauchst du nicht", antwortete er und grinste. „Bist Ehrengast heute Abend."

Da mußte Jonas dahinterstecken, dachte sie, und sie fand, dass das eine nette Geste von ihm war. Dadurch sparte sie immerhin zehn Euro.

Der junge Mann führte sie in den Zuschauerraum und dort zur ersten Reihe, wo in der Mitte zwei Plätze freigehalten worden waren, indem man ein Schild mit der Aufschrift „Besetzt" auf den Sitz gelegt hatte. Von einem entfernte er das Schild und wies sie an, dort Platz zu nehmen. „Warte nach dem Konzert auf mich, ich hol dich dann wieder ab", sagte er, zwinkerte ihr zu und wünschte ihr viel Spaß.

Kia rätselte herum, für wen wohl der zweite freie Platz neben ihr bestimmt war. Hatte Jonas vielleicht doch eine Frau? Sie mussten ja nicht verheiratet sein. Oder hatte er eine Freundin? Oder eine, von der er sich erhoffte, dass sie bald seine Freundin werden würde?

Vielleicht hatte er aber auch nur gedacht, Marcel käme mit, oder ein anderer von ihren Freunden.

Die Halle war nicht sehr groß, immer mehr Besucher kamen herein, und schnell waren alle Reihen gefüllt. Das erwartungsvolle Gemurmel des Publikums erinnerte sie an die Märchenaufführungen kurz vor Weihnachten in der Bretzinger Turnhalle, die sie als kleines Mädchen so geliebt hatte. Doch hier waren ganz andere Leute da, und sie fragte sich: Waren das lauter Fans von *DragonFire*? Seltsam, wenn die Band so bekannt war, warum hatte sie dann vorher noch nie etwas von ihr gehört? Wahrscheinlich lag das daran, dass sie sich nie besonders für Musikveranstaltungen interessiert hatte, sie waren ihr einfach immer zu teuer gewesen. Und für so etwas hätte ihr Mama niemals Geld gegeben.

Irgendwann ging das Licht aus im Saal. In der Dunkelheit hörte man nur noch das Scharren von Füßen, weil sich die Leute jetzt gemütlich zurechtsetzten. Manche husteten auch schnell noch einmal, dann war ein leises Rumoren auf der Bühne zu hören. Und genauso plötzlich, wie das Licht ausgegangen war, ging es auf der Bühne wieder an. Aber - oh mein Gott, - es war, als erwache man in einer anderen Welt. Rote Scheinwerfer tauchten sie in ein geheimnisvolles Licht, farbige Spots gaukelten über die Kulissen, eine sich drehende Mosaikkugel in der Mitte warf durch unzählige winzige Spiegel bunte Lichtpunkte, - sogar über das Publikum. Und inmitten dieses Lichtspektakels standen die Musiker, die ihren ersten Song spielten. Kia wusste gar nicht, wo sie zuerst hingucken sollte.

Kurz darauf fiel ihr Blick auf den Sänger am Mikrophon, er hatte etwas längere Haare als Marcel, sah aber im Gegensatz zu ihm wie ein Filmstar aus. Den Song, den sie spielten, hatte sie schon oft im Radio gehört, und viele aus dem Publikum anscheinend auch, denn einige von ihnen konnten mitsingen.

Und dann erkannte sie Jonas. Sie staunte, denn er sah ganz an ders aus, als bei der Buchausstellung. Er war ganz in Schwarz gekleidet, und sein Haar hing ihm in Locken über die Schultern. So eine Gitarre, wie die, auf der er spielte, hatte sie noch nie gesehen, das war eine ganz andere, als die von Marcel am Lagerfeuer. Und sie klang auch ganz anders. Sie hob ein bisschen die Hand, um Jonas zu zeigen, dass sie da war, aber er war so in sein Spiel vertieft, dass er sie gar nicht bemerkte, selbst wenn er den Blick über die Köpfe des Publikums schweifen ließ.

Außer Jonas und dem Sänger gab es noch einen anderen Gitarristen, einen Keyboarder und einen Schlagzeuger.

Das Schlagzeug! Oh mein Gott, wenn das Francois sehen und hören könnte, dachte sie. Der nervte doch dauernd damit, dass er auf allem herumtrommelte, was ihm im Weg stand. Dieser Schlagzeuger sah echt gut aus, er war etwa so alt wie Marcel, und seine Trommelwirbel gingen ihr so richtig durch und durch. Sie war überzeugt, dass er das schon lange machte, denn er kam kein einziges Mal aus dem Takt.

Obwohl sie von allen Musikern fasziniert war, fiel ihr Blick doch immer wieder auf Jonas, er spielte einfach fantastisch. Seine Finger flitzen über die Saiten, als wären sie kleine lebendige Wesen, und sie wunderte sich, dass so schöne Musik dabei herauskam. Irgendwann schien er sie dann aber doch entdeckt zu haben, denn er kam ganz nah an den Rand der Bühne heran, genau dort, wo sie saß, und er lächelte und zwinkerte ihr zu.

Nach der Vorstellung wartete Kia darauf, dass sie abgeholt wurde, aber wahrscheinlich wäre sie eh' sitzengeblieben, weil sie immer noch ganz benommen war. Es war schon beeindruckend gewesen, die Musiker so dicht vor sich zu sehen. Das war etwas ganz anderes, als wenn man sich eine Fernsehsendung anschaute oder die Musik nur im Radio hörte.

Als der junge Mann kam, führte er sie in die Garderobe irgendwo hinter der Bühne. Die Garderobe war der Raum, in dem sich die Musiker vor und nach dem Auftritt trafen. Jonas packte gerade seine Gitarre in einen großen, speziell dafür vorgesehenen Kasten, der fast die gleiche Form hatte, wie die Gitarre selbst.

„Hallo, Kia", sagte er, als er aufsah und merkte, dass sie in der Tür stand, „wie hat's dir gefallen?" Er lachte sein nettes Lachen, - sie nannte es sein ‚Sonnenscheinlachen'. Sie konnte gar nicht gleich etwas dazu sagen, so beeindruckt war sie noch immer.

„Ich habe gar nicht gewusst, dass es solche Gitarren gibt", sagte sie dann, „deine ist ganz anders, als die von Marcel."

„Das ist eine elektrische Gitarre", erklärte er ihr, „die von Marcel ist eine akustische, für die braucht man keinen Strom. Den Unterschied erkläre ich dir später mal."

Er zwinkerte. „Aber alles in allem scheinst du doch zufrieden mit mir gewesen zu sein, oder nicht?"

Sie strahlte ihn an und nickte eifrig.

„Er ist gut, was?", wandte sich der Keyboarder an sie, während er sich eine Zigarre ansteckte. Er war schon älter, auch älter als Jonas. Und viel dicker, und er hatte kaum mehr Haare auf dem Kopf. „Er war eine wahre Bereicherung für uns, als er bei uns eingestiegen ist."

Und an Jonas gewandt fragte er: „Eine Verwandte von dir, die Kleine?"

Der schüttelte den Kopf und antwortete: „Nein, nur ein kleiner Pechvogel, dem ich neulich mal aus der Patsche geholfen habe."

Der Schlagzeuger war dazugekommen, er hatte gehört, was Jonas gesagt hatte, und er meinte: „Ein hübscher kleiner Pechvogel. Dem würde ich auch gern mal aus der Patsche helfen."

Jonas schien sich darüber zu ärgern, denn über seiner Nasenwurzel war wieder die tiefe Falte zu sehen, wie damals, als er sich über Kia geärgert hatte, nachdem sie ihm die Cola über die Jacke gegossen hatte. „Dazu wirst du keine Gelegenheit haben. Sieh lieber zu, dass du zu den nächsten Proben wieder pünktlich bist."

Dann wandte er sich von ihm ab und band sich seine Locken im Nacken zusammen.

Der Schlagzeuger zwinkerte Kia zu, um zu zeigen, dass ihm Jonas' Ansprache nicht beeindruckt hatte. Sie musste über ihn lachen. Er sah echt gut aus, fand sie, und sie verstand nicht recht, warum Jonas ärgerlich auf ihn war. Er hatte doch nur Spaß gemacht.

Als alle ihre Instrumente und was dazugehörte eingepackt und wieder aufgeräumt hatten, beschlossen die Musiker, im Restaurant, das zur Sporthalle gehörte, noch eine Weile zusammenzusitzen und was zu trinken. Und Kia war richtig stolz, weil sie sie mitnahmen.

Wäre für die Band kein Tisch reserviert gewesen, hätten sie ganz sicher keinen Platz mehr gefunden, denn viele der Konzertbesucher hatten die gleiche Idee und wollten noch schnell was trinken, bevor sie sich auf den Heimweg machten. Dadurch hatten die Bedienungen viel zu tun, sie schwitzten und hatten rote Gesichter vor lauter Rennerei.

Der Sänger mit den langen Haaren ging als erster wieder, er wurde von seiner Frau abgeholt, - Kia vermutete, dass es seine Frau war, denn sie war schwanger, und sie küssten sich zur Begrüßung.

Der Schlagzeuger hieß Earl, jedenfalls hatte ihn der andere Gitarrist so genannt. Doch sicher war das nicht sein richtiger Name, denn normalerweise hieß man nicht so. Genauso wenig wie Pink Pink hieß.

Dauernd starrte er Kia grinsend an, aber sie traute sich nicht, zurückzulächeln, weil sie dachte, dass Jonas das nicht gefallen würde. Er schien ihn nicht zu mögen.

Als sich das Lokal ein bisschen geleert hatte, sagte Jonas zu ihr: „Es ist Zeit fürs Nachhausegehen, Kleine, ist schon ziemlich spät."

Eigentlich hatte sie noch gar keine Lust, zu gehen, aber er hatte recht, es war wirklich schon spät. Allerdings wusste sie nicht genau, wann der nächste Bus fuhr, sie hatte ganz vergessen, sich danach zu erkundigen.

„Der Bus..., ich weiß nicht..."

„Du brauchst keinen Bus, ich fahr dich schnell", sagte er. „Komm, trink deine Cola aus."

„Hast du denn ein Auto?"

Er lachte. „Warum sollte ich denn kein Auto haben? Oder dachtest du, ich sei auch mit dem Bus gekommen?"

Bei der Vorstellung, er könnte in seinem schwarzen Bühnenaufzug, den Gitarrenkoffer in der Hand, im Linienbus gefahren sein, musste auch sie lachen.

Sie trank ihre Cola aus, dabei sah sie, wie der Schlagzeuger sein Glas hob und ihr zulächelte und zwinkerte.

„Ich könnte sie doch auch nach Hause fahren", meinte er mit einem schnellen Blick auf Jonas.

„Das könnte dir so passen," war dessen Antwort.

„Wieso? Haste selber was vor?" fragte Earl mit einem breiten Grinsen.

In diesem Augenblick, als er das sagte, hatte Kira gar nicht gleich verstanden, wie er das gemeint haben konnte, das wurde ihr erst später klar, als sie zu Hause noch mal in Gedanken den ganzen Abend an sich vorüberziehen ließ. Aber ja, das war gemein von Earl gewesen, Jonas zu unterstellen, er hätte Hintergedanken, weil er sie nach Hause fahren wollte. Deshalb begriff sie nun auch, warum

er ihn so wütend angesehen und gesagt hatte: „Freund-
chen, sei vorsichtig!"

Jonas hatte einen klapperigen alten VW-Bus. Im ersten
Augenblick war Kia ein bisschen enttäuscht, weil sie sich
vorgestellt hatte, er hätte ein etwas flotteres und moder-
neres Auto. Aber die Farbe gefiel ihr, er war grasgrün und
erinnerte sie an die Strumpfhose vom Wandranoff-Kostüm.
Irgendwie konnte sie auch verstehen, warum ihm so ein
Auto lieber war, als ein supermodernes. Er brauchte keines,
um damit anzugeben, die Hauptsache für ihn war, dass es
fuhr und dass er genügend Platz hatte, um alles, was er für
seine Auftritte brauchte, darin zu verstauen. Allerdings
schien er wesentlich mehr eingeladen zu haben, als unbedingt notwendig, denn auf den Rücksitzen lag nun der
Gitarrenkasten neben zwei anderen ähnlichen Kästen, und
drumherum gab es ein ziemliches Durcheinander von allem
möglichen Krimskrams. Was das alles war, konnte sie nicht
sehen, weil es dunkel war im Inneren des Wagens, und weil
die Lichter der Armaturen nicht weit genug hineinreichten,
um Einzelheiten zu erkennen.

„Vielleicht solltest du mal ein bisschen aufräumen", sagte
sie, als sie sich anschnallte, und er den Motor startete.

„Mmh", brummte er und fuhr los. „Meinst du, um mir das
anzuhören, habe ich ausgerechnet auf dich gewartet?"

Sie war ein bisschen erschrocken, und sie dachte, wahrscheinlich hatte er jetzt wieder die tiefe Falte über der
Nasenwurzel. Dabei hatte sie das gar nicht böse gemeint, es
war ihr einfach nur so herausgerutscht.

Sie versuchte, es wieder gutzumachen. „Ich kann dir aber
auch gern mal beim Aufräumen helfen, falls du keine Zeit
dafür hast. Wahrscheinlich hast du viel zuviel anderes und
viel Dringenderes zu tun, weil du alleine lebst. Einkaufen
und Besorgungen machen und so... Und auf der Gitarre
üben musst du ja sicher auch noch. Da ist es nicht so
wichtig, wie es im Auto aussieht..."

Er sah sie von der Seite an. „War's das jetzt?"

„Ja", sagte sie leise. „Bist du jetzt böse?"

Im Schein der Straßenlaternen, an denen sie vorüberfuhren, sah sie aber, dass er lächelte. „Nein, wieso denn? Du hast ja recht. Hier drin sieht's wirklich chaotisch aus."

Sie war froh, dass er nicht böse war, aber den Vorschlag, ihm zu helfen, hatte sie eigentlich ganz ernst gemeint. „Du kannst mich ja mal anrufen, wenn du Zeit hast, dann komme ich, und dann putzen wir das Auto zusammen. Ich innen und du außen. - Ach so, ich glaube, du hast ja meine Telefonnummer gar nicht." Sie kramte in ihrer Tasche.

„Lass gut sein, Kleine. Ich werde im Telefonbuch nachsehen. Wie heißt denn deine Mama?"

Kia schüttelte heftig den Kopf. „Nein, nein, ruf mich lieber auf meinem Handy an. Wenn sich einer übers Festnetz meldet, dann könnte Mama meinen… Du weißt schon!"

Er sah sie wieder von der Seite an, während sie noch immer nach dem Handy suchte. Aber es war so dunkel, dass sie es nicht fand. Schließlich sagte sie: „Ich weiß meine Nummer nicht auswendig. Aber nachher, wenn du anhältst, kannst du ja mal das Licht anmachen, damit ich was sehe."

„In Ordnung. Aber jetzt solltest du mir so langsam sagen, wie ich fahren muss, wir sind doch bald da. Du wohnst doch hier in Bretzingen, oder?"

Sie sah aus dem Fenster, sie bogen gerade in die Hauptstraße ein. Und dann dirigierte sie ihn in die richtige Richtung. „Ja, noch ein Stückchen weiter. Und nun rechts rum. Siehst du dort hinten den Brunnen auf der linken Seite? Dahinter das zweite Haus, das ist unseres."

„Gehört euch das, oder wohnt ihr zur Miete?"

„Das haben wir von unserem Opa geerbt, vom Papa unserer Mama. Der ist vor ein paar Jahren gestorben, seitdem gehört es uns."

Jonas hielt ein Stück hinter dem Aufgang, stellte den Motor ab und schaltete das Innenlicht an. Sie blinzelte, bis sich ihre Augen wieder an die Helligkeit gewöhnt hatten, dann schüttete sie einfach den ganzen Inhalt ihrer Tasche auf ihrem Schoß aus.

Jonas lachte. „Na, ich weiß ja nicht. In deiner Tasche sieht's auch nicht viel besser aus, als in meinem Auto."

Sie musste auch lachen, aber zum Glück fand sie gleich das Handy.

„Hast du was zum Schreiben?" fragte sie ihn. Er nickte, griff über sie hinweg zum Handschuhfach, holte einen Block mit einem Kugelschreiber heraus, und dann schrieb er die Nummer auf, die sie ihm diktierte.

„Ich werde dich mal anrufen", sagte er, „aber nicht zum Autoputzen. Vielleicht spielen wir ja mal wieder in deiner Nähe und du hast Lust, zu kommen."

„Oh ja, das wäre super." Sie freute sich. „Euer Konzert hat mir nämlich wahnsinnig gut gefallen."

Dann fiel ihr ein, dass sie sich noch gar nicht richtig bedankt hatte.

„Übrigens danke für alles", sagte sie, „dafür, dass ich ohne Ticket ins Konzert durfte und später in die Garderobe. Und natürlich auch für die Cola danach im Restaurant. Und jetzt fürs Heimfahrten. Irgendwie habe ich euch jetzt alle ein bisschen kennengelernt."

Sie musste dabei an Earl denken, aber das sagte sie Jonas natürlich nicht, weil sie gemerkt hatte, dass er ihn nicht leiden konnte. Ihr hatte er allerdings gefallen. Er sah gut aus, und er hatte so ein gewisses Lächeln… Man wurde ganz verlegen, wenn er einen so ansah und zwinkerte.

„Schon ok", meinte Jonas. Er öffnete die Tür, damit sie aussteigen konnte. „Also dann, bis zum nächsten Mal."

„Ja, bis zum nächsten Mal", antwortete sie und war ganz stolz, dass er das gesagt hatte. Schade, dass es schon so spät und schon so dunkel war und niemand aus der Nachbarschaft sie sah, dachte sie. Sie hätten sicher herum-gerätselt, wer sie da in einem so grasgrünen Auto nach

Hause gebracht hatte.

Am nächsten Tag half sie Anna wieder eine Weile in ihrer Nähstube. Weil die Schneiderin nicht sehr viele Aufträge hatte, nähte sie nebenher Kissenbezüge für Sofas und Eckbänke, die sie dann auf dem Markt oder bei Kunstgewerbeausstellungen verkaufte. Auch diesmal jammerte sie wieder, weil die Leute ihre Arbeit scheinbar nicht zu schätzen wussten. Dabei sahen sie hübsch aus, ihre Kissen, und Kia gefiel es, in den bunten Stoffresten herumzustöbern, die sie dafür verwendete.

„Was wirst du jetzt machen, wenn die Schule rum ist, Kia?", fragte Anna, ohne die Nadel der ratternden Nähmaschine aus den Augen zu lassen. „Hast du dir schon was überlegt?"

„Am liebsten würde ich auch Schneiderin werden. Ich möchte auch so schöne Kleider nähen können, wie du. Wie zum Beispiel das weinrote, dass du neulich für Frau Mayerhöfer fertiggemacht hast. Das war echt ein Traum."

Anna seufzte. „Solche Aufträge kriegt man halt viel zu selten", meinte sie. „Wer lässt sich denn heutzutage noch ein Kleid bei der Schneiderin nähen? Den meisten ist das doch viel zu teuer. Und zu lange dauert's auch, bis es fertig ist. Da geht man doch lieber gleich in so einen Billig-Shop oder lässt sich was aus dem Katalog schicken."

„Und wenn du das, was du nähst, auch ein bisschen billiger machen würdest?"

Sie zog den Kissenbezug, an dem sie genäht hatte, unter der Nadel der Maschine hervor und schnitt die Fadenenden ab. „Wie stellst du dir das vor? Ich muss doch den Stoff und das ganze Zubehör, was ich zum Nähen brauche, auch kaufen. Und was ist mit meiner Zeit? Wer zahlt mir die Stunden, die ich brauche fürs Zuschneiden, für die Anproben, fürs Nähen bis alles fertig ist?" Sie seufzte tief. „Nein, Kia, das ist kein Beruf mit Zukunft. Such dir lieber was anderes."

„Aber was?" Sie hatte doch auch schon oft genug darüber nachgedacht, aber ihr war nichts eingefallen.

„Gibt es denn nichts, was dir richtig Spaß machen würde?"

Kia hob die Schultern. „Mama hat mal gesagt, ich könnte Friseurin werden, aber ich glaube nicht, dass es mir gefallen würde, anderen Leuten die Haare zu waschen und dann wieder trockenzufönen."

Anna lachte. „Naja, ein bisschen mehr gehört schon dazu. Aber du hast recht, mein Ding wäre das auch nicht. Du hast doch aber ein gutes Zeugnis, oder? Dann geh' in ein Büro, da werden immer Leute gebraucht."

„Ist das nicht zu langweilig?"

„Nicht unbedingt. Kannst dich ja mal erkundigen, wo sie jemanden suchen. Frag doch mal im Rathaus nach, die stellen jedes Jahr Azubis ein. Da hättest du später einen guten und sicheren Job."

Kia nickte. „Ja, du hast recht, das könnte ich machen."

Als sie von Anna kam und auf dem Weg nach Hause war, fuhr plötzlich ein blaues Auto ganz langsam neben ihr her. Auf den ersten Blick sah es aus, wie ein Rennwagen, weil es ziemlich tief auf der Straße lag. Und das Blau war auch nicht einfach so, wie das Blau vom Fiat von Pinks Papa, sondern es war leuchtender und hatte so einen metallischen Glanz. Sie konnte nicht erkennen, wer drinsaß, aber weil sie auch nicht so genau hinsehen wollte, lief sie einfach weiter, als hätte sie es gar nicht bemerkt. Als es dann anhielt, wurde die Scheibe heruntergedreht und jemand rief: „Hi, Kia!"

Einen Augenblick lang stutzte sie, aber wer drinsaß, konnte sie immer noch nicht erkennen, und weil sie nicht reagierte, gab der Fahrer Gas, überholte sie und blieb dann ein ganzes Stück vor ihr wieder stehen. Und dann öffnete sich die Tür und Earl stieg aus. Er nahm seine Sonnenbrille ab und lachte breit. „Hi, Kia! Du bist aber stolz! Sprichst nicht mit jedem, was?"

Nun blieb sie doch stehen. „Ich konnte doch nicht wissen, dass du's bist", sagte sie. „Was machst du denn hier?"

„Hab gedacht, ich lad' dich mal zu 'ner kleinen Spritztour ein. Bist ja gestern lieber mit dem grünen VW-Bus gefahren."

„Jonas hatte mich doch zu dem Konzert eingeladen, da konnte ich doch nicht einfach..."

„Versteh' schon. Aber komm, dann steig jetzt ein. Wir dreh'n 'ne Runde. Das wird dir bestimmt gefallen."

Sie wäre schon gern mitgefahren. Es hätte sie auch gefreut, wenn Francois, Marcel oder ein anderer ihrer Freunde aus der Nachbarschaft sie in einem solchen Wagen gesehen hätten. Es war auch nicht so, dass sie sich nicht getraut hätte, aber... Das Seltsame war, dass sie in diesem Augenblick daran denken mußte, dass Jonas Earl nicht mochte. Und sie war sich sicher, dass er dafür wahrscheinlich auch seine Gründe hatte. Schließlich kannte er ihn besser, als sie.

„Ich muss nach Hause", sagte sie deshalb, „ich bin spät dran, bin schon den ganzen Tag über unterwegs gewesen."

„Dauert doch nicht lange. Nur einmal um den Häuserblock..."

Langsam lief sie weiter. „Vielleicht ein anderes Mal. Ich kann ja mal zu eurer Probe kommen. Wann trefft ihr euch denn immer? Eure Band, meine ich."

Er winkte ab. „Ach, die immer mit ihrer Probe. Für einen Schlagzeuger ist es gar nicht so wichtig, jedes Mal dabei zu sein."

„Ich würde euch aber gern mal zuhören."

„Ehrlich?"

„Ja, ehrlich."

„Gut. Probe ist am nächsten Mittwoch um sieben bei Martin in Winterfeld."

„Wer ist Martin?"

„Das ist der Keyboarder. Der wohnt allein in seinem Haus und hat extra einen Kellerraum zum Proben. Da können wir dann immer so richtig die Sau rauslassen." Er lachte.

Im nächsten Augenblick ärgerte sich Kia aber schon, dass sie ein Treffen bei der Probe überhaupt vorgeschlagen hatte. „Vielleicht ist es den anderen aber gar nicht so recht, wenn ich einfach mitkomme."

„Die können uns mal. Wenn sie sich aufregen, dann hauen wir einfach ab."

„Es muß ja auch nicht schon am nächsten Mittwoch sein", versuchte sie, die Sache wieder in Ordnung zu bringen. „Vielleicht irgendwann mal."

Aber davon wollte er nichts wissen. „Nein, nein, lassen wir's beim nächsten Mittwoch. Ich hol dich dann ab."

Sie gab ihm keine Antwort darauf, sondern fragte stattdessen: „Woher weißt du überhaupt, wo ich wohne?"

Er grinste. „Ich krieg alles raus, was ich wissen will."

Inzwischen waren sie vor dem Hauseingang angekommen, und sie blieb wieder stehen.

„Also keine Spritztour heute?", fragte er noch einmal.

Sie schüttelte den Kopf. „Nein, heute nicht."

„Schade. Aber das holen wir am Mittwoch nach. Ich hol dich ab. So halb sechs, ist das ok?"

„Halb sechs? Ich denke, die Probe fängt erst um sieben an?"

Er grinste wieder. „Dann haben wir Zeit genug, und ich kann dir zeigen, was mein Auto so alles draufhat."

Eigentlich sah er ja wirklich gut aus, dachte sie. Und irgendwie gefiel er ihr auch, aber…, wenn er sie so ansah… Und die Art, wie er ihr zuzwinkerte…, da mußte sie wieder an Jonas denken. Sie suchte nach einer Ausrede. „Es könnte sein, dass ich so früh noch gar nicht zu Hause bin," sagte sie, aber er schüttelte den Kopf. „Sieh einfach zu, dass es klappt, sonst entgeht dir was. Es wird dir bestimmt Spaß machen."

„Ich kann's nicht versprechen", sagte sie, aber sie wußte

nicht, ob er das noch gehört hatte, weil er inzwischen schon wieder an seinem Wagen stand.

Er hob die Hand, stieg ein und fuhr mit lautem Motorengedröhn davon.

Am Dienstagabend rief Jonas Kia auf ihrem Handy an. Sie hätte es fast nicht gehört, weil sie mit Francois und seinen Freunden im Garten hinter dem Haus saß und die Jungs versuchten, ihr ein neues Kartenspiel beizubringen Es war ziemlich verzwickt, und sie kapierte es nicht gleich. Am liebsten hätte sie gar nicht mehr mitgemacht, vor allem, weil Francois immer gleich wütend wurde, wenn sie etwas falsch machte.

Ihr Handy hatte sie zuerst in ihrer Hosentasche stecken, doch als es ihr immer wieder herausrutschte, legte sie es neben sich auf die Bank. Von dort mußte es wohl runtergefallen sein, denn inzwischen lag es unter dem Tisch und klingelte im Gras. Doch erst als einer der Jungs sagte: „Was ist'n das für ein Geräusch? Da klingelt doch was", spitzen sie alle die Ohren.

„Oh, das ist meins", rief Kia, bückte sich und hob es auf, aber sie konnte auf dem Display nicht sehen, wer dran war. Deshalb stand sie auf und lief ein Stück weg von der Gruppe, bis an die Hecke, die den Garten zum Nachbarn hin abgrenzte. Bevor sie das Gespräch annahm, hörte sie noch, wie einer der Jungs zu Francois sagen: „Hat sie denn jetzt endlich'n Macker?" Worauf ihr Bruder die Schultern zuckte und meinte: „Woher soll ich denn das wissen?"

Kia setzte sich auf einen der großen Steine, die schon seit Jahren vor der Hecke lagen und eigentlich mal für eine Grillstation verwendet werden sollten.

Sie war gespannt, wer sie da anrief, sie fürchtete aber, es könnte Earl sein. Wollte er vielleicht das Treffen zur Probe absagen? Das wäre ihr in diesem Augenblick mehr als recht gewesen, denn der Gedanke daran, Jonas könnte ärgerlich sein, wenn sie mit ihm dort auftauchte, hatte ihr den ganzen Tag schon Bauchschmerzen verursacht.

Aber dann meldete sich Jonas selbst. Sie freute sich, denn mit ihm hatte sie überhaupt nicht gerechnet.

„Hi, Jonas!"

„Hallo Kleine. Wie geht's dir?"

„Mir geht's gut. Dir auch?"

Er lachte. Schade, dass sie sein Lachen übers Handy nicht sehen konnte, dachte sie.

„Ja, es geht so", meinte er. „Ich wollte dich fragen, ob du nicht Lust hättest, morgen bei unseren Proben dabei zu sein."

Im ersten Augenblick wußte sie nicht, was sie sagen sollte. Es war schon seltsam, - neulich war Earl da, um sie einzuladen, jetzt rief Jonas sie sogar deswegen an. Sie überlegte, ob sie ihm von Earls Einladung erzählen sollte, aber sie beschloß, zuerst mal nichts zu sagen. „Ja, das würde mich schon sehr interessieren", antwortete sie, „wann ist denn das?" Sie tat so, als wüsste sie es noch gar nicht.

„Wir treffen uns um sieben bei Martin in Winterfeld. Ich würde dich zwanzig Minuten vorher abholen."

„In Ordnung." Sie nickte. Jonas hatte recht, zwanzig Minuten würden reichen von Bretzingen nach Winterfeld. Earl hatte sie schon halb sechs abholen wollen, wahrscheinlich wegen der angekündigten Spritztour. Aber daran war sie doch eigentlich gar nicht interessiert. Wer weiß, was er vorhatte. Deshalb war sie nun froh, dass sie ihm nicht fest zugesagt hatte.

Am Mittwoch wusste sie dann wieder mal nicht, was sie anziehen sollte, aber sie sagte sich, dass es ja keine festliche Veranstaltung war, sondern einfach nur der Probenabend einer Band. Also reichte eine ganz normale Jeans und irgendein T-Shirt. Das Haar band sie sich als Pferdeschwanz zusammen, weil sie fand, dass ihr das gut stand und bestimmt auch gut aussah.

Weil sie nicht mit Earl zusammentreffen wollte, machte sie sich rechtzeitig auf den Weg zu Anna. Von ihrer Nähstube aus hatte man das Haus gut im Blick, und sie würde es sehen, wenn er in seinem blauen Auto angefahren käme. Immer wieder stand sie am Fenster und schaute die Straße entlang, schließlich fiel das sogar Anna auf.

„Was ist denn los, Kia? Wartest du auf jemanden?"

„Ja, - nein. Eigentlich nicht. Da will mich zwar jemand abholen, aber ich möchte gar nicht mit ihm gehen."

Anna sah sie misstrauisch an. „Warum hast du dich dann mit ihm verabredet?"

„Habe ich nicht. Aber wahrscheinlich kommt er trotzdem."

„Was ist denn das für einer?" Anna saß an der Nähmaschine und ratterte eine Naht hinunter. Kia wunderte sich jedes Mal, dass sie nebenher noch an etwas anderes denken konnte. Wenn sie selbst es schon mal versucht hatte, hatte sie sich immer so sehr konzentrieren müssen, dass sie nichts anderes mehr hörte oder sah. Aber klar, Anna machte das schon ihr Leben lang. Kein Wunder, dass es bei ihr wie am Schnürchen lief.

„Das ist…" Wie sollte sie ihr erklären, wer Earl war? „Das ist ein Kollege von meinem Freund."

Jetzt hob Anna doch den Kopf. „Du hast einen Freund? Seit wann denn das?"

Kia lachte. „Nein, nein, nicht so, wie du denkst. Er ist wirklich nur ein Freund. So wie Marcel und die anderen Jungs in der Nachbarschaft."

„Sei vorsichtig mit den Männern, Kia." Die Nähmaschine ratterte wieder. „Diesbezüglich solltest du aufpassen, damit es dir nicht so geht, wie deiner Mama."

„Wieso? Ihr geht es doch gut."

„Mag schon sein, dass sie das so sieht, sie hat sich dieses Leben ja selbst ausgesucht. Aber du bist anders, als sie. Stell dir mal vor, *du* hättest drei Kinder von drei verschiedenen Männern…"

„Ich möchte eigentlich überhaupt keine Kinder. Und wenn, dann nur von einem einzigen Mann, mit dem ich auch mein ganzes Leben lang zusammenbleiben kann."

Anna zog den Stoff unter der Nadel hervor. Sie seufzte. „Genau deshalb musst du dir die Männer, mit denen du ausgehst, ganz genau ansehen. Sie wollen alle nur das Eine, - du weißt, was ich meine. Danach wollen sie nichts mehr von dir wissen. Deine Mama hat das Beste draus gemacht, - aber dafür mußte sie auch einen sehr hohen Preis zahlen."

„Ich verstehe nicht, wie du das meinst", sagte Kia. „Sie muß doch nichts bezahlen, im Gegenteil. Sie verdient ganz gut mit ihren Männergeschichten."

„Hast du dir aber schon mal überlegt, was die Leute in der Stadt über sie denken?"

Sie hob die Schultern. „Das ist Mama egal."

„Ja, weil sie ist, wie sie ist. Aber wie ich schon sagte: Du bist anders. Du bist…"

„Oh!", rief Kia dazwischen, denn im gleichen Augenblick kam der stahlblaue Wagen um die Ecke gebogen, fuhr langsamer und hielt dann vor dem Haus, in dem Kia wohnte. „Da ist er."

Anna stand von der Maschine auf und stellte sich neben sie ans Fenster. Sie prustete verächtlich. „Einer, der so einen Wagen fährt, ist nichts für dich, Kia."

„Wieso?" Kia fand es nicht fair, dass sie das gesagt hatte, sie kannte Earl doch gar nicht.

„Wenn er ein angesehener Mann wäre", wurde sie belehrt, „dann würde er nicht *so* einem Wagen fahren, eine so auffällige aufgemotzte Karre. Und er würde nicht nach Bretzingen kommen, um die Tochter einer…, egal, - keineswegs würde er ein Mädchen wie dich abholen. Der da…", sie wies in Richtung des blauen Autos, „ist ein junger Schnösel, der den Großen spielen möchte. Wer weiß, woher er den Wagen hat und was er angestellt hat, um ihn zu kriegen."

Kia war ganz baff über Annas Rede. Sie hatte keine Ahnung, ob sie recht hatte oder nicht, aber so ganz von der Hand zu weisen war das, was sie gesagt hatte, wahrscheinlich nicht, denn schließlich war ja auch Jonas gegen ihn.

Sie schwieg dazu und beobachtete Earl, wie er ausstieg, ein paar Schritte auf das Haus zulief und zu den Fenstern hinaufschaute.

„Hast recht, dass du den abblitzen lässt, Kia. Laß dich mit so einem nicht ein."

Anna hatte genug gesehen, setzte sich wieder an ihre Nähmaschine und nahm das nächste Stück Stoff zur Hand.

Kia beobachtete Earl weiter, sah dann, wie Francois aus dem Garten kam und mit ihm redete. Sie hoffte, ihr Bruder hatte nicht mitbekommen, dass sie zu Anna gehen wollte.

Earl gestikulierte mit den Armen und Francois zuckte mit den Schultern, ließ ihn dann aber stehen, wandte sich um und ging wieder hinters Haus. Eine Viertelstunde lang lehnte Earl noch an seinem Auto und schaute immer wieder auf seine Uhr. Schließlich stieg er ein und schlug die Türe zu. Wahrscheinlich war er wütend, denn der Motor heulte auf, und mit lautem Dröhnen fuhr er davon.

Schweigend blieb Kia am Fenster stehen. Als *sie* nach einer Weile auf die Uhr schaute, die in der Nähstube über dem Arbeitstisch hing, war es halb sieben. Anna schien zu glauben, dass sie immer noch an Earl dachte.

„Dem brauchst du nicht nachzuweinen, Kia. Komm, setz dich und erzähl mir von der Geschichte, die du dir auf der Buchausstellung gekauft hast. Hat sie dir gefallen? - Wie hieß sie doch gleich?"

Kia mußte lächeln, wenn sie an das Buch dachte. „Sie heißt ‚*Auf einmal war der Himmel wieder blau*'", antwortete sie. „Und ja, sie hat mir gefallen. Sehr gut sogar."

„Ein Liebesroman?"

Sie nickte. „Ja, darin geht es um einen Mann und eine Frau, die über Jahre hinweg immer irgendwie miteinander zu tun hatten, dabei aber gar nicht gemerkt haben, dass sie sich inzwischen längst ineinander verliebt haben. - Glaubst du, dass es sowas gibt? Das merkt man doch, wenn man sich in jemanden verliebt, oder nicht?"

„Es sei denn, sie *wollten* es gar nicht merken."

„Aber warum denn nicht?"

„Dafür kann es viele Gründe geben. Vielleicht dachten sie beide, sie passen nicht zusammen."

„Das verstehe ich nicht... Oh, Anna, jetzt muß ich wirklich gehen. Ich werde abgeholt..."

„Nun doch?" fragte Anna verwundert. Sie streckte den Hals, um auf die Straße sehen zu können. Aber es war nicht das blaue Auto, es war der grasgrüne VW-Bus, der gerade um die Ecke gefahren kam.

„Ich weiß zwar nicht, wer drinsitzt", meinte Anna, „aber dem Auto nach zu urteilen, passt der besser zu dir, als der mit dem blauen."

Kia lachte. „Bis bald mal wieder, Anna. Mach's gut!" Und schon stürmte sie auf die Straße hinaus und in Richtung Haus, vor dem Jonas nun gehalten hatte. Ganz atemlos kam sie bei ihm an.

Naja, bei Tag sah er nun wirklich nicht besonders schick aus, der grüne VW-Bus. Er hatte schon ein paar Kratzer an der Seite und ein paar Roststellen über den Rädern. Und er glänzte auch nicht mehr. Wahrscheinlich hätte man ein bisschen mehr aus ihm machen können, wenn man sich etwas Zeit für ihn genommen hätte. Sie sagte aber nichts, schließlich wollte sie Jonas nicht verärgern.

Er öffnete ihr die Tür. „Hallo Kleine", sagte er, als sie einstieg, und er lachte sein Sonnenscheinlachen. „Was ist passiert, dass du so außer Atem bist?"

„Ich war bei meiner Nachbarin Anna, dort hinten am

Ende der Straße. Als ich deinen *Laubfrosch* gesehen habe, dachte ich, jetzt muß ich mich aber beeilen, nicht dass er am Ende ohne mich wieder abfährt."

„Laubfrosch ist gut", Jonas lachte wieder, dann zwinkerte er ihr zu. „Dann wollen wir mal, oder?", sagte er und startete den Bus. Sie überlegte, ob sie ihm von Earl erzählen sollte, aber dann dachte sie sich, lieber nicht, sonst ist seine gute Laune gleich wieder weg.

Als sie vor Martins Haus ankamen, stieg auch gerade Malte, der Sänger aus dem Wagen seiner Frau. Er küsste sie schnell noch einmal, bevor er die Tür schloss und sie wieder wegfuhr. Und dann sah Kia auch, dass das blaue Auto schon da war. Ihr war ein bisschen bange zumute wegen Earl, sie wußte aber auch, dass sie mit Jonas an ihrer Seite nichts von ihm zu befürchten hatte.

Er saß schon an seinem Schlagzeug und war ganz vertieft in die Überprüfung seiner verschiedenen Drumsticks. Er tat so, als hätte er sie gar nicht gleich bemerkt. Doch dann sah er auf und rief: „Oh, hallo Kia, bist du auch da?" Er grinste, aber sie sah an seinen Augen, dass er wütend auf sie war.

Jonas wies auf eine lange Bank, die auf einer Seite des Raumes entlang der Wand stand. „Am besten setzt du dich dorthin, Kleine, von da aus hast du alles im Blick. Und wenn wir später mal eine Pause machen, erklär ich dir, wofür das hier alles da ist und wie es funktioniert. Und dann kannst du auch fragen, wenn du was wissen willst."

Kia nickte. Sie setzte sich so auf die Bank, dass sie Jonas am nächsten saß und von Earl am wenigsten sah.

Alles in allem war es für sie sehr interessant, mitzu-erleben, wieviel Arbeit dahintersteckte, bis ein Song soweit in Ordnung war, dass man ihn in einem Konzert spielen konnte. Viele der neueren Stücke beherrschten sie noch gar nicht richtig, und manche Stellen mussten sie immer und immer wieder spielen, weil es fast nie richtig klappte. Sogar Malte verpasste ein paarmal seinen Einsatz, und dann sang er auch noch den falschen Text an der falschen Stelle.

Earl ließ seinen Zorn über Kia an seinem Schlagzeug aus, - was ja eigentlich kein Fehler gewesen wäre, wenn er alles richtig gemacht hätte. Aber Martin und Jonas waren gar nicht zufrieden mit ihm. Einmal machte Martin seinem Ärger so richtig Luft. „Wenn es dir nicht passt, wie wir es haben wollen, dann musst du dir eben eine andere Band suchen", sagte er zu ihm. Daraufhin schlug Earl mit einem der Sticks so heftig auf ein Becken, dass es krachte und sich gar nicht mehr gut anhörte.

„Das mach ich auch!", rief er aufgebracht, und Kia war gespannt, ob er aufstehen und gehen würde. Doch er blieb sitzen und machte weiter.

Die ganze Zeit über sah er immer wieder böse zu ihr herüber, bis es schließlich sogar Jonas aufgefallen war. Der hatte ihr in der Pause erklärt, wie seine E-Gitarre funktionierte, und was der Unterschied zu einer Akustik-Gitarre war, und Martin hatte ihr gezeigt, wie man die Keybord-Anlage einstellen konnte, damit das, was man spielte, jedes Mal anders klang.

Danach nahm Jonas sie ein bisschen zur Seite. „Ist was mit Earl?" fragte er sie. „Hat er was von dir gewollt?"

Sie schüttelte den Kopf, sie wollte ja nicht, dass er wegen ihr Ärger kriegte. „Er hat mich heute auch abholen wollen, aber ich war nicht zu Hause", sagte sie kleinlaut.

„Weiter!? - Mensch, Kleine, jetzt laß dir doch nicht alles aus der Nase ziehen. Was war los!"

Sie sah die Falte über seiner Nasenwurzel, deshalb beschloss sie, ihm lieber gleich alles zu sagen.

„Vor ein paar Tagen hat er vor unserem Haus auf mich gewartet, er wollte, dass ich auf eine Spritztour in seinem Auto mitkomme. Und weil ich Nein gesagt habe, meinte er, dann würde er mich heute vor der Probe abholen, dann könnten wir die Spritztour nachholen. Deshalb wollte er auch schon halb sechs kommen, damit wir Zeit genug dafür hätten. Das habe ich aber auch nicht gewollt, deshalb war ich so lange bei Anna, bis er wieder weg war. Und jetzt ist er natürlich sauer."

Jonas grinste. „Das hast du gut gemacht, Kleine. Glaub mir, der Kerl ist nichts für dich."

„Warum eigentlich nicht, Jonas. Ich finde, er sieht echt gut aus, und irgendwie ist er doch auch immer nett."

„Auf ein schönes Gesicht kommt's nicht an, Kia. Wie's *drinnen* aussieht, das ist viel wichtiger. Der Kerl taugt nichts, er hat schon jede Menge krummer Dinger gedreht, und was die Mädchen betrifft, die auf seine hübsche Larve reinfallen…, die sind nur Spaß und Vergnügen für ihn. Danach wirft er sie weg wie einen alten Schuh."

„Sowas ähnliches hat Anna auch gesagt, als sie sein Auto gesehen hat."

Er lächelte. „Scheint eine weise Frau zu sein, diese Anna." Dann wurde er wieder ernst. „Ich möchte einfach nicht, dass du an so einen Kerl gerätst, Kia. Dafür bist du viel zu schade."

Kaum hatten Martin und Jonas angekündigt, dass sie für diesmal Schluss machen wollten, war Earl auch schon verschwunden. Kia war froh darüber, da brauchte sie sich wenigstens keine Ausrede einfallen zu lassen, wenn sie sich nicht von ihm heimfahren lassen wollte.

„Und? Hat's dir gefallen?", fragte Jonas, als sie zu ihm in den grünen Bus stieg. „War doch interessant, oder nicht?"

„Ja wirklich. Hätte ich gar nicht gedacht, dass es so schwierig ist, bis ein Stück wirklich klappt."

„Jeder einzelne von uns beherrscht sein Instrument, das ist klar, aber wenn das Zusammenspiel gut klingen soll, dann muß man sich einig sein und sich auch ganz genau an das halten, was vorher abgesprochen worden ist."

„Ja, das verstehe ich."

Sie sah sich im Auto um, er hatte immer noch nicht aufgeräumt. Vielleicht sollte sie ihm irgendwann noch mal anbieten, ihm dabei zu helfen, dachte sie. Aber sie wollte ihn auch nicht drängen.

„Was hast du übers Wochenende vor?" fragte er, als er in die Hauptstraße von Bretzingen einbog.

„Ich weiß noch nicht genau. In Rudolfsweiher ist Jahrmarkt, vielleicht gehe ich mit Pink hin."

„Aber pass auf dich auf. Es gibt jede Menge solcher Typen wie Earl. Du bist ein hübsches Mädchen, auf sowas sind die aus."

„Ja, ich pass schon auf."

Er hielt vor dem Haus, und bevor sie den Gurt lösen und aussteigen konnte, drückte er ihr einen Zettel in die Hand. „Hier. Meine Handynummer. Wenn irgendwas ist, ruf mich an. Egal wann."

Sie schob den Zettel in ihre Hosentasche und lachte. „Auch mitten in der Nacht?"

Aber er blieb ernst. „Auch mitten in der Nacht. Auch dann kann ein Feuer ausbrechen, ein Flugzeug abstürzen, ein Kran umfallen oder jemand sterben."

Sie erinnerte sich daran, dass er schon einmal jemanden verloren hatte, der ihm sehr viel bedeutet hatte. „Ja, in Ordnung", sagte sie. „Danke."

Im nächsten Augenblick lachte er schon wieder. „Also gut, Kleine, dann wünsch ich dir viel Spaß am Wochenende auf dem Jahrmarkt."

Sie wollte ihn schon fragen, ob er sie mal wieder zu einem seiner Konzerte einladen würde, doch dann dachte sie sich, er würde sich bestimmt melden, wenn sie irgendwo in der Nähe spielen würden.

Sie stieg aus und winkte ihm nach, bis er um die Ecke verschwunden war, dann blieb sie noch einen Augenblick lang vor der Haustüre stehen. Es war ein so schöner Abend, die Luft roch ganz mild, und der Himmel war übersät mit Sternen, obwohl es immer noch nicht ganz dunkel war.

Sie suchte den Hausschlüssel aus ihrer Hosentasche

heraus und passte dabei auf, dass sie den Zettel mit Jonas' Telefonnummer nicht mit herauszog.

In diesem Augenblick kam plötzlich eine dunkle Gestalt auf sie zugestürzt, hielt sie an den Handgelenken so fest, dass es wehtat und drückte ihre Arme nach oben, sodass sie gar nichts mehr mit ihnen machen konnte. Ein Gesicht kam dem ihren ganz nah, und jemand versuchte, sie zu küssen.

Sie war so erschrocken, dass sie im ersten Augenblick wie gelähmt war und unfähig, sich zu wehren. Doch sie hatte erkannt, dass es Earl war. Und als er versuchte, sie hinter das Gebüsch neben der Haustüre zu ziehen, war sie so wütend, dass sie es schaffte, wenigstens eine Hand frei zu bekommen und heftig auf ihn einzuschlagen. Ihm schien das allerdings nichts auszumachen.

„Das hat noch keine geschafft, mich einfach so im Regen stehen zu lassen", brachte er zwischen den Zähnen hervor, „aber ich mach dir einen Vorschlag: Entweder du kommst jetzt mit, - mein Auto steht nur eine Straße weiter, - oder wir erledigen die Sache gleich hier, und das wird für dich weit unangenehmer sein, als in meinem Wagen."

„Laß mich in Ruhe", schrie sie ihn an und schlug weiter auf ihn ein. Doch er lachte nur. „So hab ich's gern, du kleine Kratzbürste."

Er schaffte es, sie von der Haustüre wegzuzerren, stolperte mit ihr über das Blumenbeet, das den Aufgang einsäumte und schleifte sie bis hinter den Fliederbaum. Sie wollte schreien, aber irgendetwas hielt sie davon ab. Sie dachte, wenn ich schreie, kann ich mich nicht mehr genügend darauf konzentrieren, mich gegen ihn zu wehren. Außerdem war sie nicht sicher, ob überhaupt jemand in der Nachbarschaft darauf reagieren würde. Die Gegend, in der sie wohnte, hatte nicht gerade den besten Ruf, da kam es öfter vor, dass mal jemand schrie, - aus welchen Gründen auch immer. Da hörte man schon gar nicht mehr hin.

Hinter dem Fliederbaum drückte er sie gegen die

Hauswand, zerrte an ihrem T-Shirt, und griff nach ihrem Busen. „Bist du vielleicht *jetzt* bereit für eine Spritztour?" raunte er. „Noch kannst du es dir überlegen."

„Du Mistkerl!" rief sie. Sie kratzte ihn, und dann biss sie ihn in die Hand, mit der er sie festhielt. Er heulte kurz auf, ließ sie aber dennoch nicht los.

„Ich sag's dir noch einmal: Da vorn steht mein Auto, wir gehen jetzt dorthin, und du tust gut daran, ohne großes Theater mitzukommen. Hast du mich verstanden? Sonst…"

„Nein, ich werde *nicht* mitkommen, du Idiot."

„Das werden wir ja sehen."

Nun zerrte er sie hinter dem Fliederbaum hervor in Richtung Straße, und obwohl sie sich die größte Mühe gab, dagegen anzugehen und mit den Füßen zu bremsen, konnte sie ihn einfach nicht aufhalten.

Aber auf einmal landete eine Faust mitten in seinem Gesicht, - und das war nicht ihre.

Damit hatte er nicht gerechnet. Er wankte, ließ sie los und ging in die Knie.

Kia atmete erleichtert auf, und stand plötzlich… vor Jonas.

Ob sie wollte oder nicht, sie mußte heulen, als sie ihn sah. Jetzt hatte er sie schon zum zweiten Mal gerettet. Und auf einmal fingen ihre Knie an zu zittern, obwohl doch die Gefahr jetzt vorüber war. Für einen kurzen Augenblick legte er seine Arme um sie, und ihr Kopf sank an seine Brust. Und diesmal war es keine Cola, durch die seine Jeansjacke nass wurde, sondern ihre Tränen.

„Habe ich dir nicht gesagt, du sollst auf dich aufpassen, Kleine?", sagte er und tätschelte ihren Rücken. Aber er klang gar nicht böse, sondern nur traurig.

Inzwischen hatte sich Earl aufgerappelt und aus dem Staub gemacht.

„Alles ist gut, Kia. Jetzt komm und beruhige dich wieder", sagte Jonas. „Atme ganz tief durch. Ich kriege ihn noch, und er wird dir garantiert nichts mehr tun, das verspreche ich dir."

Jetzt sah sie auch den grünen VW-Bus, der ein Stückchen weiter die Straße hinunter parkte.

„Wo kommst du denn auf einmal her?", fragte sie, „wie konntest du wissen…"

Er öffnete die Wagentür und half ihr, einzusteigen.

„Ich hatte so ein seltsames Gefühl, als ich wegfuhr", meinte er. „Und dann sah ich auf einmal diesen blauen Wagen in einer Nebenstraße stehen. Da bin ich sofort umgekehrt."

„Ich weiß gar nicht, was ich ohne dich gemacht hätte."

„Denk nicht drüber nach, ich war ja rechtzeitig da."

Er reichte ihr ein Papiertaschentuch herüber, und sie wischte sich die Tränen ab und putzte sich die Nase.

„Jetzt habt ihr keinen Schlagzeuger mehr."

„Wir wollten ihn schon seit einer Weile loswerden, haben uns in der Zwischenzeit sogar schon mal nach einem Ersatz umgesehen."

„Aber als Schlagzeuger war er doch gut, oder?"

Jonas schüttelte den Kopf. „Als Laie denkt man das vielleicht. Aber als Musiker sieht man das ein bisschen anders."

Als sie sich einigermaßen beruhigt hatte, sagte Jonas zu ihr: „So, jetzt gehst du rein, Kia, legst dich schlafen und denkst nicht mehr daran. Morgen sieht die Welt schon wieder ganz anders aus."

Am liebsten hätte sie ihn umarmt, weil sie so froh war, dass er wieder rechtzeitig zur Stelle gewesen war, aber sie traute sich nicht. Wer weiß, was er sonst von ihr gedacht hätte.

3.

Kurz vor ihrem 18. Geburtstag war Kia mit der Schule fertig. Ihr Abschlusszeugnis war sehr gut. In Mathe hatte sie eine Zwei, da war sie besser, als Francois, obwohl er immer damit angab, wie gut er in der Schule sei.

Auch ihre Mama war zufrieden mit ihr.

„Aus dir wird noch mal was richtig Großes", meinte sie und gab ihr einen Kuss. Zum Glück hatte sie noch keinen Lippenstift aufgetragen, sondern war gerade dabei, sich vor dem großen Spiegel in ihrem Schlafzimmer die Augenbrauen zu zupfen. Sie hatte Kia zu sich gerufen, weil sie mit ihr reden wollte.

„Was Großes? Ich weiß doch noch gar nicht, was ich werden will. Anna meinte, ich soll mich mal im Rathaus bewerben."

„Ach, die Anna, die hat doch überhaupt keine Ahnung." Mama unterbrach ihre Zupferei und schaute sich nachdenklich nach ihr um. „Für Büroarbeiten bist du doch viel zu hübsch."

„Wieso?"

„Da können die grauen Mäuschen hingehen, aber für dich gibt es doch tausend andere Möglichkeiten."

„Was denn für welche?" Kia wunderte sich, denn bisher hatten sie noch nie miteinander über ihre Zukunft gesprochen, außer dem einen Mal, als sie ihr vorgeschlagen hatte, Friseurin zu werden. Aber das war schon eine ganze Weile her.

„Du könntest Model werden", sagte Mama nun. „Oder

Empfangsdame in einem großen Hotel. Oder Flugbegleiterin."

„Wie stellst du dir das vor? Ich habe doch nur eine ganz durchschnittliche Mittlere Reife."

„Na und? Wenn man hübsch genug ist, stehen einem alle Türen offen, da braucht man weder Mittlere Reife noch das Abitur."

„Aber eine Ausbildung muss man trotzdem haben."

Mama lachte auf. „Glaubst du denn, all diese ‚Sternchen' haben eine Ausbildung? Vielleicht haben sie mal eine angefangen, ok. Aber dann sind sie irgendwann entdeckt worden, weil sie zur rechten Zeit am rechten Ort waren."

„Das ist doch Blödsinn, Mama. Ich kann doch nicht irgendwo herumscharwenzeln und darauf warten, dass mich einer entdeckt."

„Warum denn nicht? Wenn du dich dort aufhältst, wo einflussreiche Herren nach schönen Mädchen Ausschau halten? - Schließlich soll es dir doch mal besser gehen als mir."

Dazu hätte sie gern etwas gesagt, aber das schluckte sie lieber hinunter. Sollte Mama tatsächlich wollen, dass ihre Tochter im Prinzip dasselbe machte, wie sie, - nur eben mit Männern, die ein dickeres Portemonnaie hatten, als die, die bei ihr ein- und ausgingen? Nein danke, nie im Leben wollte Kia so werden wie sie, das hatte sie sich schon zig-mal geschworen.

„Nächste Woche wirst du 18, dann bist du volljährig", sagte ihre Mutter nun und fing an, ihre Wimpern mit Tusche zu bearbeiten. „Dann wird es Zeit, dass du im Kreis der Erwachsenen aufgenommen wirst."

Kia sah sie mißtrauisch an. „Wie meinst du das?"

„Dann bist du den Kinderschuhen entwachsen und solltest dich nicht mehr mit den Sprösslingen aus der Nachbarschaft abgeben. Jetzt musst du dich nach erwachsenen Freunden umsehen."

„Ich habe erwachsene Freunde."

„So? Wen denn?"

„Anna zum Beispiel. Dann Marcel. Und auch…" Sie hatte an Jonas gedacht, aber sie wollte ihn lieber nicht erwähnen, Mama brauchte nicht unbedingt von ihm zu erfahren. Oder hatten ihr die Nachbarn schon von dem grünen VW-Bus erzählt, mit dem sie abgeholt und heimgefahren worden war?

„Wen denn noch?"

Sie schien noch nichts von Jonas zu wissen, deshalb hob Kia die Schultern. „Niemanden."

Mama seufzte und widmete sich wieder ihrer Schönheitspflege. „Also am Mittwoch, an deinem Geburtstag, werde ich eine kleine Party ausrichten. Du wirst schließlich nicht alle Tage volljährig. Ich werde ein paar nette Leute einladen, und du wirst sehen, dass es ein sehr schöner Tag für dich werden wird."

„Was denn für Leute?"

Sie lächelte. „Das wird eine Überraschung."

Kia ärgerte sich, schließlich war es *ihr* Geburtstag, und wenn schon eine Feier, dann wollte sie *ihre* Freunde einladen. Pink zum Beispiel, und Marcel, und vielleicht auch die kleinen Quälgeister Mattes, Winnie und Magnus. Sie wollte keine Party mit Leuten, die sie nicht kannte.

„Am besten, du bläst diese Geburtstagsfeier wieder ab", sagte sie ärgerlich. „Wenn ich *meine* Freunde nicht einladen darf, dann will ich überhaupt keine Party."

Sie wollte gehen, wurde aber zurückgerufen. „Halt, Chiara! Ich rede mit dir!" Das klang sehr streng.

Sie blieb stehen und sah sich nach ihr um. „Ich will aber nicht mit dir über *meine* Geburtstagsparty reden. Wenn meine Freunde nicht kommen dürfen, dann fällt sie eben aus."

„Das werden wir ja sehen."

Kia hatte ein bisschen Angst vor dem, wie sie das gemeint

haben könnte.

Am Mittwoch Morgen wurde sie von ihren Geschwistern geweckt, sie kamen mit ihren kleinen Geschenken an ihr Bett. Das war so üblich, wenn einer von ihnen Geburtstag hatte. Francois hatte ihr ein Armband aus dicken schwarzen und roten Holzperlen gebastelt, und Ayshe hatte ihr mit Wasserfarben ein Bild gemalt: Eine Traumlandschaft am Meer, mit Sand und Palmen und strahlendem Sonnenschein. Sie hatte schon immer gut zeichnen und malen können, und Kia versprach ihr, das Bild in einen Rahmen zu stecken und in ihrem Zimmer aufzuhängen.

Dann kam auch ihre Mama mit einem Päckchen und setzte sich zu ihr auf den Bettrand.

„Meine hübsche Große", sagte sie und gab ihr einen schmatzenden Kuss auf die Wange, „ich wünsche dir alles Liebe und Gute zu deinem 18. Geburtstag."

Kia war immer noch ärgerlich auf sie wegen der angekündigten Party, die letzten Tage hatte sie kaum mit ihr geredet. Sie hoffte, dass sie inzwischen verstanden hatte, dass sie keine Feier ohne ihre Freunde wollte. Keine, wie Mama sie sich vorstellte.

„Danke," sagte sie nur und schielte auf das in Geschenkpapier eingewickelte Päckchen, das nun auf ihrer Bettdecke lag.

Mama strahlte. „Mach's doch mal auf, ich möchte doch wissen, ob's dir gefällt."

Kia war tatsächlich ein bisschen neugierig geworden, und vorsichtig löste sie zuerst das gelbe Seidenband, dann den Klebestreifen, der das Papier zusammenhielt.

Zuerst wußte sie nicht, was sie zu der flachen Schachtel sagen sollte, die zum Vorschein kam. Weil Mama stets alle Schachteln und Kartons aufhob, dachte sie, dass sie wahrscheinlich auch diesmal wieder die erstbeste für ihr Geschenk genommen hatte. Gespannt hob sie den Deckel auf und…, dann war genau das darin, was oben auf der

Schachtel abgebildet war: Eine Dessous-Garnitur in zartem Gelb, ein hauchdünnes durchsichtiges Etwas, mit Spitze verziert…

Die Worte, die ihr auf die Lippen kamen und die sie Mama am liebsten ins Gesicht geschrien hätte, blieben ihr im Hals stecken, dafür schleuderte sie aber die Schachtel mitsamt Inhalt und Papier in den Raum hinein.

Mama stand auf, sie war entsetzt. „Chiara, was soll denn das!", rief sie.

Auch Kia stand auf und schubste sie zur Seite. „Das frage ich *dich*, Mama! Was soll das!", rief sie wütend. „Ich brauche sowas nicht." Sie nahm ihre Kleider, die über dem Sessel hingen und ging damit in Richtung Badezimmer.

„Bleib stehen!" fuhr Mama sie an.

Sie blieb stehen und sah sich nach ihr um.

„Jedes andere Mädchen hätte sich darüber gefreut, etwas so Hübsches geschenkt zu bekommen."

„Ich aber nicht."

„Chiara, du bist jetzt eine Frau. Bald wird die Zeit kommen, da wirst du es genießen, in einem so traumhaften Dessous einen Mann glücklich zu machen…"

„Zieh doch du's an, wenn's dir so gut gefällt!", rief sie, „ich jedenfalls brauche sowas nicht." Und dann ließ sie sie stehen und schloss sich im Badezimmer ein.

Während sie im Bad war, heulte Kia fast die ganze Zeit. Das war der schlimmste Geburtstag, den sie je erlebt hatte. Bisher war sie froh gewesen, dass Mama sie zwar wie ihr großes Mädchen, aber doch immer noch wie ein Kind behandelt hatte. Sie hatte geglaubt, sie hätte eingesehen, dass ein Leben, wie sie selbst es führte, nicht das Richtige war, und dass sie es deshalb ihrer eigenen Tochter ersparen wollte. Nicht eine Sekunde lang hatte Kia damit gerechnet, dass sie das mit ihrem 18. Geburtstag ändern wollte.

Nachdem ihre Geschwister immer wieder gegen die Tür gehämmert hatten, weil auch sie ins Bad wollten, kam sie schließlich heraus, huschte in ihr Zimmer und schloss sich dort ein. Sie wartete darauf, dass sich Mama bei ihr melden würde, um noch einmal mit ihr zu reden, um ihr zu sagen, dass sie sie verstand, und dass sie selbstverständlich ihr Leben so einrichten konnte, wie sie es für richtig hielt. Doch sie kam nicht.

Irgendwann klopfte Ayshe an die Tür. „Kia, lässt du mich mal rein?"

„Was willst du?"

„Mit dir reden."

„Worüber denn?"

„Über die Party heute."

„Es gibt keine Party."

„Deshalb will ich ja mit dir reden."

„Ayshe, laß mich am besten in Ruhe. Ok?"

Die Kleine ging wieder.

Kia hatte sich noch einmal aufs Bett gelegt, starrte an die Decke und überlegte, was sie machen sollte. Ja, sie *mußte* mit jemandem reden, aber doch nicht mit der kleinen Schwester. Die verstand doch wahrscheinlich gar nicht, worum es überhaupt ging und wie sie sich fühlte. Sie dachte an Anna, von der sie wußte, dass sie immer auf ihrer Seite war. Doch was sollte sie ihr sagen? Dass ihr ihre Mama Reizwäsche zum Geburtstag geschenkt hatte, damit sie, wie sie selbst, irgendwelche Männer becircte? Anna würde darüber lachen und sagen: ‚Du musst sie ja nicht anziehen. Laß sie irgendwo in deinem Schrank verschwinden und fertig.' Klar, daran hatte sie auch schon gedacht. Aber dann war da ja immer noch diese Party, die zu ihren Ehren stattfinden sollte.

Die Zeit verging, der Mittag war vorüber, und inzwischen war es schon Nachmittag geworden. Kia saß noch immer todunglücklich in ihrem verschlossenen Zimmer. Sie hatte den ganzen Tag über noch nichts gegessen, und ihr war ganz flau im Magen. Sie saß auf ihrem Bett und überdachte ihre Situation zum soundsovielten Male. Noch wußte sie ja nicht, was Mama konkret geplant hatte, vielleicht malte sie sich alles viel schlimmer aus, als es tatsächlich werden würde, dachte sie. Wahrscheinlich hatte sie einen ihrer Favoriten eingeladen und ihn gebeten, einen Freund mitzubringen, der dann für sie bestimmt war. Na und? Der würde schon merken, dass sie nichts von ihm wissen wollte. Irgendwann würde es ihm langweilig werden, er würde aufstehen und gehen. Und dann war Mama die Blamierte, - nicht sie.

Sollte sie vielleicht doch erst einmal nachgeben, um herauszufinden, was sie sich Mama tatsächlich ausgedacht hatte?

Auf einmal sah sie den Zettel mit Jonas' Telefonnummer auf dem Boden liegen, er mußte ihr am Abend zuvor aus der Hosentasche gerutscht sein. Seit dem Abend, an dem er ihn ihr gegeben hatte, - das war der Abend, an dem ihr Earl aufgelauert hatte, - trug sie ihn immer bei sich. Natürlich hatte sie die Nummer längst in ihr Telefonnummern-heftchen eingetragen, und in ihrem Handy war sie auch schon gespeichert, aber was wäre, wenn sie einmal unterwegs auf ein öffentliches Telefon angewiesen wäre? Sie fühlte sich einfach sicherer, wenn sie diese Nummer bei sich hatte. Sie würde ihn niemals grundlos anrufen, doch es war gut, zu wissen, dass sie es zu jeder Zeit tun konnte.

Sie stand auf, hob den Zettel auf und setzte sich wieder aufs Bett. Sie starrte die Zahlenkombination an und über-legte, ob sie sie vielleicht auswendig lernen sollte, anstatt sie ständig mit sich herumzutragen.

Francois klopfte an die Tür. „Kia, Mama sagt, du sollst endlich runterkommen, es gibt gleich Kaffee."

„Ich will keinen Kaffee."

Er verschwand wieder, kam aber kurz darauf wieder zurück. „Mama sagt, du sollst nicht albern sein."

„Ich bin jetzt 18 und kann machen, was ich will. Auch

albern sein."

Irgendwann kam auch Ayshe wieder. „Kia, mach doch mal auf und laß mich rein." Sie klang richtig traurig.

„Hat dich Mama geschickt?"

„Nein, ich find's bloß so schrecklich schade, dass wir heute deinen Geburtstag gar nicht richtig feiern können, wenn du dich in deinem Zimmer einschließt."

Sie tat ihr leid. „Ich hab's mir auch anders vorgestellt." Sie überlegte und sagte dann: „Ayshe, ich laß dich jetzt rein, aber nur für fünf Minuten."

„In Ordnung."

Sie schloss die Tür auf, ließ die kleine Schwester eintreten und schloss hinter ihr gleich wieder ab.

Sie setzten sich zusammen auf das Bett.

„Kia, ich versteh gar nicht, was los ist. Warum ist Mama böse auf dich. Und du auf sie. Und das an deinem Geburtstag. Das war doch sonst immer so schön."

Kia seufzte tief. „Ich werde es dir erklären", sagte sie, dabei bezweifelte sie, dass sie mit ihren acht Jahren begriff, worum es *wirklich* ging.

„Es ist so, dass Mama meint, weil ich jetzt 18 bin, dürfe ich keinen Kindergeburtstag mehr feiern. Sie hat ein paar von *ihren* Freunden eingeladen, von denen sie glaubt, dass sie jetzt besser zu mir passen, als Marcel, Pink, Matthes und die anderen. Und darüber habe ich mich geärgert. Ich möchte an meinem Geburtstag mit *meinen* Freunden feiern, verstehst du? Ihre kenne ich doch gar nicht."

„Klar, das verstehe ich. Soll ich mal mit Mama reden?"

„Nein, nein, dann wird sie vielleicht auch noch böse mit dir. Das will ich nicht."

„Wenn der Besuch kommt, kann ich dir ja sagen, ob er mir gefällt oder nicht."

„Von mir aus, aber jetzt geh am besten wieder, bevor Mama merkt, dass du bei mir gewesen bist."

Es war kurz vor vier Uhr, als Kia ein Auto vorfahren hörte. Sie lief zum Fenster und sah, dass es eines war, das nicht in diese Gegend gehörte. Drei Personen stiegen aus: Ein älterer grauhaariger Herr, ein jüngerer mit dunkelblondem Haar und einer, der im Alter in etwa mittendrin lag. Die Gesichter konnte sie nicht erkennen, doch sie meinte, den Älteren schon einmal bei Mama gesehen zu haben.

Sie kamen auf das Haus zu, und dann hörte man, dass es unten an der Haustüre klingelte. Kurz darauf kam Mama die Treppe herauf und klopfte an ihre Tür. „Komm endlich runter, Kia. Der Besuch ist da."

„Welcher Besuch denn? Ich habe niemanden eingeladen."

Mama wurde böse. „Herrgott noch mal, was bist du doch für ein störrisches Ding. Niemand will dir etwas Böses tun. Komm runter, dann trinken wir zusammen Kaffee, und alles ist gut."

„Mit denen will ich keinen Kaffee trinken", rief sie hinaus. Dann beschloß sie, ihr einfach nicht mehr zu antworten. Sollte sie doch schwarz werden vor ihrer Tür. Lange würde sie es eh' nicht aushalten, schließlich mußte sie sich um den Besuch kümmern.

Inzwischen hatte sie daran gedacht, Jonas nun doch anzurufen. Zwar wußte sie, dass auch er ihr nicht helfen konnte, aber ihm konnte sie wenigstens sagen, was sie bedrückte und wie sie sich fühlte. Er würde ihr zuhören und sie auch verstehen.

Sie wartete, bis alles still war, dann wählte sie seine Nummer. Es klingelt eine ganze Weile, bevor er sich meldete. „Ja?", fragte er dann und: „Hallo?" Die Verbindung war ziemlich schlecht.

„Jonas?"

„Oh, Kia, bist du's? Wart einen Augenblick, ich bin grad unterwegs. Ich park schnell irgendwo, und dann ruf ich dich zurück. Ist das in Ordnung?"

„Ja," antwortete sie, und trotz der Situation, in der sie sich befand, mußte sie lächeln, wenn sie sich vorstellte, wie er mit seinem alten grasgrünen VW-Bus jetzt irgendwo an den Straßenrand fuhr, um mit ihr telefonieren zu können.

„He, Kleine. Was ist denn los?" fragte er dann, als sie sein Gespräch annahm. „Gibt's Probleme?"

„Ja. Meine Mama und ich, wir sind böse aufeinander, und ich habe mich in meinem Zimmer eingeschlossen."

„Oh je! Was ist passiert?"

„Es ist nämlich so, dass heute... mein Geburtstag ist, und..."

„Was? Du hast heute Geburtstag? Verdammt, warum hast du mir das nicht schon früher gesagt? Dann wünsche ich dir natürlich zuerst mal alles Gute. Und alles, was du dir selbst wünschst und..."

„Danke, Jonas" unterbrach sie ihn, „aber heute ist der schlimmste Geburtstag, den ich je erlebt habe."

„Wieso denn das?"

„Weil meine Mama eine unmögliche Frau ist. Stell dir vor, sie hat eine Geburtstagsparty für mich arrangiert, aber daran dürfen *meine* Freunde nicht teilnehmen, sondern nur ihre ganz speziellen Favoriten. Vorhin sind drei Männer bei uns angekommen, die ich nicht kenne, und vermutlich will sie mich mit einem von ihnen verkuppeln."

„Aber Kia! Glaubst du wirklich, dass sie sowas vorhat?"

„Ja, ich bin mir ganz sicher. Sie hat mir neulich nämlich schon einen Vortrag darüber gehalten, dass ich mit 18 jetzt zu den Erwachsenen gehöre und mich nicht mehr mit den Freunden aus der Nachbarschaft abgeben sollte. Und stell dir vor, was sie mir heute zum Geburtstag geschenkt hat: Eine Dessous-Garnitur. Hauchdünn. Mit Spitze. Und sie meinte, ich sei jetzt eine Frau, und ich brauche sowas, um damit die Männer glücklich zu machen. Jetzt habe ich Angst, dass sie mich am liebsten schon heute Abend in sowas stecken würde, damit die geladenen Gäste ihre Freude daran haben."

Ihr kamen auf einmal wieder die Tränen. „Was soll ich denn bloß machen, Jonas? Ich möchte doch nicht so sein, wie sie."

Am anderen Ende war es einen Augenblick lang still, dann meldete er sich wieder. „Ich werde dir helfen. Bleib ganz ruhig."

„Wie denn? Wie willst du mir denn helfen?"

„Wo du wohnst, weiß ich ja, aber ich kenne euren Namen nicht."

„Du willst herkommen?" fragte sie ganz entgeistert.

„Ja klar, heute ist dein Geburtstag. Deine Mama wird mich nicht daran hindern können, dir zu gratulieren."

„Wir heißen Wagner. Hoffentlich lässt sie dich rein."

„Ich kriege das schon hin. Laß den Kopf nicht hängen, Kleine."

Ihr Herz klopfte wie wild, nachdem sie ihr Gespräch beendet hatten. Sie wußte nicht, wo sich Jonas im Augenblick aufhielt und wie lange er nach Bretzingen brauchen würde, sie rechnete mit mindestens einer halben Stunde. Trotzdem zog sie sich einen Stuhl ans Fenster, um ganz genau verfolgen zu können, was auf der Straße vor sich ging.

Und dann endlich nach fast einer Stunde sah sie den grünen VW-Bus die Straße entlangkommen. Sie atmete auf. Vor dem Haus fuhr er langsamer, doch da war kein Platz mehr zum Parken. Er fuhr weiter, kehrte an der nächsten Kreuzung um, kam langsam zurück und hielt auf der gegenüberliegenden Straßenseite. Als er ausstieg, blieb er einen Augenblick am Auto stehen und schaute am Haus hinauf. Kia wußte nicht recht, ob sie sich am Fenster zeigen und ihm winken sollte, aber sie tat es nicht, sondern schloss stattdessen vorsichtig und leise ihre Zimmertür auf. Sie öffnete sie einen Spaltbreit, nur so weit, dass sie verstehen würde, was unten an der Haustüre gesprochen wurde.

Nach einigen Minuten klingelte es. Ayshe und Francois kamen in den Flur gestürmt, jeder der beiden wollte als erster an der Tür sein, um sie zu öffnen.

„Ja?" fragte Ayshe, als sie Jonas vor sich stehen sah, und Francois fügte hinzu: „Zu wem wollen Sie denn?"

„Kann ich mal eure Mama sprechen?"

Von ihrem Türspalt aus konnte Kia ihn nicht sehen.

„Moment", sagte Francois und schob Ayshe zur Seite, um die Tür wieder schließen zu können. Danach rannten beide zurück ins Wohnzimmer. „Mama, da will dich jemand sprechen."

„Wer ist es denn?" hörte man Mama fragen.

„Keine Ahnung, ein Mann..."

„Jetzt nicht, ich habe keine Zeit. Sag ihm er soll morgen wiederkommen." Und als Ayshe zurück in den Flur lief, um das dem fremden Besucher auszurichten, rief sie ihr nach: „Er soll mich aber vorher anrufen."

Kia schlug die Hände vors Gesicht. Oh mein Gott, sie hält ihn für einen Kunden, dachte sie, und sie schämte sich grenzenlos.

Auch Francois kam nun wieder in den Flur zurück, öffnete die Tür einen Spalt und richtete das aus, was Mama ihnen aufgetragen hatte: „Sie hat jetzt keine Zeit", sagte er zu Jonas. „Sie sollen morgen wiederkommen, aber vorher anrufen." Er wollte die Tür wieder schließen, doch Jonas schien ihn daran zu hindern. „Halt stopp", sagte er, „sag deiner Mutter, ich will sie *jetzt* sprechen. Es ist wichtig."

„Aber sie hat doch gesagt..."

„Das ist mir egal. Ich muß sie *jetzt* sprechen. Sag ihr das."

Sein strenger Ton schien Eindruck auf die beiden Kinder zu machen, denn Francois lief zurück ins Wohnzimmer, während Ayshe bei Jonas an der Tür stehenblieb, wahrscheinlich um ihn am Eintreten zu hindern.

Und dann kam Mama persönlich. Ungehalten und bereit, den ungebetenen Gast zurechtzuweisen. „Ich habe jetzt keine Zeit, ich habe…" Sie stutze.

Kia hatte keine Ahnung, was ihr die Sprache verschlagen hatte. War es, weil Jonas sie so böse ansah, oder aber, weil er ihr so gut gefiel, dass sie auf den ersten Blick fasziniert von ihm war?

„Guten Tag, Frau Wagner. Ich hätte gern mit Chiara gesprochen."

„Mit Kia?" fragte sie verwundert. „Wer sind Sie denn überhaupt?"

„Ich bin ein Freund von Kia. Ich habe erfahren, dass sie heute Geburtstag hat, und ich würde ihr gern gratulieren."

„Ein Freund von Kia?" Sie wirkte leicht verunsichert, denn mit einem solchen Freund hätte sie wohl niemals gerechnet.

Sie öffnete die Tür ein bisschen weiter. „Ja, gut, dann kommen Sie herein, ich werde sie rufen."

Jonas trat ein, blieb unsicher in der Diele stehen. „Ich hoffe, dass ich Kias Geburtstagsfeier nicht störe, wenn ich einfach so hereingeschneit komme", sagte er und lächelte.

„Aber nein." Und dann ging sie drei Stufen die Treppe hinauf und rief: „Kia, kommst du mal runter? Hier ist Besuch für dich."

Kia öffnete die Tür nun ganz, kam heraus und strahlte ihren Gast an. „Hi, Jonas. Das ist aber schön, dass du an meinen Geburtstag gedacht hast. Ich freu mich riesig, dass du da bist."

Er lächelte und zwinkerte ihr zu, aber so, dass Mama das nicht sah. Die dagegen war ganz durcheinander und wußte nicht, was sie machen sollte. „Kommen Sie," wandte sie sich an ihn und wies in Richtung Wohnzimmer, „Sie trinken doch einen Kaffee mit uns?" Und das Geburtstagskind gewandt rief sie: „Nun komm schon runter, Kia, kümmere dich um deinen Gast."

„Natürlich kümmere ich mich um meinen Gast", war die Antwort. „Aber komm doch lieber rauf, Jonas, hier oben in meinem Zimmer haben wir unsere Ruhe. Außerdem ist es hier gemütlicher, als im Wohnzimmer bei Leuten, die wir nicht kennen."

Mama war entsetzt. „Aber Kia, das schickt sich nun aber wirklich nicht", sagte sie.

Darüber mußte Kia lachen. Das war genau die Richtige, die wußte, was sich schickte und was nicht, dachte sie. Und sie erklärte: „Ich muß ihm doch die süße Dessous-Garnitur zeigen, die du mir geschenkt hast."

Nun schnappte Mama nach Luft, und zog sich völlig aufgelöst zu den Gästen im Wohnzimmer zurück. Zu *Ihren* Gästen.

Nachdem Jonas heraufgekommen war, schloss Kia ihr Zimmer wieder ab. Das Lachen war ihr inzwischen aber vergangen, es war ihr peinlich, dass sie ihn in eine solche Situation gebracht hatte. Sie setzte sich aufs Bett und schlug die Hände vors Gesich, weil sie spürte, dass sie wieder weinen mußte.

Jonas setzte sich neben sie, legte seinen Arm um sie und bettete ihren Kopf an seine Schulter.

Eine ganze Weile saßen sie so da und sprachen kein Wort. Erst nach Minuten meinte Jonas: „Was soll ich denn bloß mit dir machen, Kia, hier kannst du doch nicht bleiben."

„Aber wo soll ich denn sonst hin?"

„Wenn ich das nur wüsste."

Er überlegte. „Zum Glück bis du mit der Schule fertig. Und volljährig bis du auch. Sie hätte also keine Möglichkeit, dich zurückzuhalten, wenn du gehen würdest. - Hast du denn keine Verwandten, die dich bei sich aufnehmen könnten? Und die vor allem den Grund verstehen würden, warum du nicht zu Hause bleiben willst?"

„Mama hat eine Schwester, aber die lebt in Amerika. Und Papa hatte ich ja nie einen."

„Und Großeltern?"

„Unser Opa, der uns dieses Haus vererbt hat, ist gestorben. Und als er starb, hat die Oma schon lange nicht mehr gelebt."

Sie dachte an Anna. „Die einzige, zu der ich Vertrauen habe, ist Anna, die Schneiderin, von der ich dir schon erzählt habe. Sie wohnt nicht weit von hier. Aber ob die damit einverstanden wäre, dass ich bei ihr einziehe...? Das kann ich mir nicht vorstellen..."

Jonas schüttelte den Kopf. „Hier in der Nachbarschaft? Nein, nein, das wäre auf keinen Fall das Richtige. Deine Mama würde sich das nicht gefallen lassen, und dann gäbe es nur Streit zwischen den Frauen. Und du stecktest mitten drin."

Jonas stand auf und lief zum Fenster, aber er schaute nicht auf die Straße, sondern man sah ihm an, dass er nachdachte und überlegte. „Ich wüsste da vielleicht jemanden", sagte er nach einer Weile. „Aber das müsste ich zuerst noch abklären, bevor ich dir irgendwelche Hoffnungen mache."

„Dauert das lange? Ich meine, bis du das abgeklärt hast?"

Er sah sich nach ihr um und lächelte. „Am liebsten würdest du heute Abend schon weglaufen wollen, hab ich recht?" Und als sie nickte, fügte er hinzu: „Aber das will gut überlegt sein, Kleine. Ich will nicht, dass man dich in der Gegend herumschubst, und dass du am Ende gar nicht mehr weißt, wohin du gehörst."

Jonas blieb so lange, bis sie sehen konnten, wie die drei Herren, die bei Mama zu Gast gewesen waren, das Haus wieder verließen, in ihr Auto stiegen und wegfuhren. Dann warteten sie noch eine Weile, weil sie dachten, Kias Mama würde doch noch heraufkommen und mit ihrer Tochter reden wollen. Aber sie kam nicht, und alles blieb still.

Irgendwann verließ Jonas dann ganz leise das Haus, ohne dass Kias Mama später hätte sagen können, wie lange er sich wirklich oben im Zimmer aufgehalten hatte.

In der folgenden Zeit war allerhand los in Kias Leben. Seit der Sache an ihrem Geburtstag holte Jonas sie häufiger zu den Proben ab, weil er ihrer Mutter nicht mehr traute. Er wollte ihr keine Gelegenheit geben, ihre Tochter irgendwelchen ihrer Freunde vorzustellen.

Der neue Schlagzeuger war wesentlich älter als Earl und sah bei weitem nicht so gut aus, aber die ‚Schießbude' beherrschte er, sie hatten einen guten Griff mit ihm getan. Dennoch brauchte es seine Zeit, bis alle Stücke bei ihm saßen. Zu allem Unglück war Martin dann auch noch krank geworden und konnte nicht regelmäßig zur Probe kommen, und Jonas fürchtete schon, dass er eines Tages ganz ausfallen würde. Auch Kia machte sich ihre Gedanken darüber. Was würde dann aus *DragonFire* werden? Würden sie die Band dann vielleicht aufgeben müssen? Bei der Vorstellung wurde sie ganz traurig.

Auf Annas Anraten hin bewarb sie sich, außer bei zwei großen Firmen in der Nähe von Winterfeld, auch noch im Rathaus um einen Ausbildungsplatz. Jonas gefiel das, und er versprach, ihr ganz fest die Daumen zu drücken, damit es klappte. Doch alle, denen sie Bewerbungen geschickt hatte, hatten angekündigt, dass es eine Weile dauern würde, bis sie ihr Antwort geben konnten.

„Jetzt warten wir erst mal ab, ob du von irgendwoher eine Zusage bekommst, danach richten wir uns dann, wenn wir uns nach einer neuen Bleibe für dich umsehen," meinte Jonas.

„Du wolltest doch was abklären", erinnerte sie ihn.

Er seufzte. „Das ist nicht so einfach, Kia. Aber ich bleib dran. Versprochen."

Mit ihrer Mutter sprach sie nicht darüber, - sie sprachen überhaupt nur noch wenig miteinander. Mama war ihr nicht nur böse, weil sie ihr die Geburtstags-Party verdorben hatte, sie war ihr auch böse, weil sie ihr verschwiegen hatte, dass sie einen Freund hatte. Noch dazu einen erwachsenen

Freund, der ihr vielleicht selbst auch gefallen hätte. Kia konnte sich denken, wie sie sich die Freundschaft zwischen Jonas und ihr vorstellte, - wahrscheinlich hatte sie überhaupt keine Ahnung, was richtige Freundschaft bedeutete. Für sie konnte es zwischen Männern und Frauen nur Sex geben, sonst nichts, dachte Kia. Trotzdem mußte sie lachen, wenn sie sich ausmalte, wie Mama sich in ihrer Fantasie das Zusammensein zwischen Jonas und ihr vorgestellt haben mochte, - damals, am Abend ihres Geburtstags in ihrem Zimmer. Wahrscheinlich glaubte sie wirklich, dass sie ihm die aufreizende Dessous-Garnitur vorgeführt hatte.

Im Grunde fand sie das aber gar nicht zum Lachen, im Gegenteil. Manchmal hatte sie das Gefühl, dass ihr gerade diese Vorstellung Punkte bei ihr eingebracht hatte. War das normal? Eigentlich sollte eine Mutter nicht aus einem solchen Grund stolz auf ihre Tochter sein, dachte sie. Doch von da an ließ sie sie wenigstens in Ruhe.

Obwohl es seither keine Auseinandersetzungen mehr zwischen ihnen gegeben hatte, wollte Kia immer noch weg von Zuhause, der Gedanke daran hatte sich schon ganz fest in ihrem Kopf eingenistet. Allerdings wußte sie auch, dass das nicht so einfach war, wenn man keinerlei Verwandte hatte, bei denen man hätte Unterschlupf finden können.

Aufgrund ihrer Bewerbung hatte das Bürgermeisteramt von Bretzingen sie zu einem Gespräch eingeladen. Sie war schrecklich aufgeregt, denn sie wollte ja nichts falsch machen. Ihr war klar, dass sie nicht besonders gut im Reden war, manchmal wußte sie wirklich nicht, wie sie sich richtig ausdrücken sollte.

Aber es war nicht der Bürgermeister persönlich, der sie in sein Büro bat, es war die Personalleiterin, und das war wirklich eine sehr nette Frau. Kia mußte ihr einige Fragen beantworten, unter anderem auch, warum ihr der Ausbildungsplatz im Rathaus so wichtig war. Was sollte sie darauf sagen?

Sie überlegte kurz, dann antwortete sie: „Wenn man mit der Schule fertig ist, fängt doch ein ganz neues Leben an. Und dann möchte man einen guten Platz haben, wo man hingehört und für den es sich lohnt, da zu sein."

Diese Antwort schien ihrem Gegenüber gefallen zu haben, denn sie lächelte.

„Gut, Frau Wagner, wir werden Ihnen so bald wie möglich Nachricht geben", sagte sie, als Kia zur Tür ging. Doch dann schickte sie ihr noch eine Frage hinterher. „Sagen Sie mal, die Frau *Annelore* Wagner, ist das Ihre Mutter?"

Kia blieb fast das Herz stehen. „Ja", antwortete sie und wurde wieder ganz unsicher, weil diese Frage so seltsam geklungen hatte.

„Ja, gut", meinte die Frau dann, „wie ich schon sagte, Sie bekommen bescheid von uns."

Vor dem Rathaus setzte sich Kia erst einmal auf eine Bank und dachte nach. ‚Wollen sie mich vielleicht nicht, weil ihnen nicht gefällt, was meine Mama tut?' fragte sie sich. Aber was konnte *sie* denn dafür? Ihr Zeugnis war doch in Ordnung.

Hatte Anna *das* damit gemeint, als sie sagte, Mama müsste einen hohen Preis dafür zahlen, dass sie das machte, *was* sie machte? Kia seufzte. Mama war das egal, - aber, dass auch *sie* dafür zahlen sollte...? Ihr war das *nicht* egal.

Sie saß immer noch auf der Bank, als ihr Handy läutete und Jonas dran war.

„He, Kleine, wie geht's?" fragte er. Fast alle seine Anrufe begann er so, und meistens klang das so lustig und gutgelaunt, dass auch sie gleich gute Laune hatte, wenn sie ihn hörte.

Doch diesmal war es anders. „Mir geht's nicht so besonders gut", sagte sie, „ich komme grad aus dem Rathaus.

Du weißt doch, dass ich mich dort beworben habe. Vorhin hatte ich ein Gespräch mit der Personalleiterin..."

„Und? Was hat sie gesagt?"

„Noch nichts Bestimmtes. Ich kriege Nachricht."

„Sie hat dir aber nicht abgesagt, oder?"

„Nein, noch nicht, aber..."

„Wieso aber? Jetzt warte doch erst mal ab, die können das nicht von jetzt auf nachher entscheiden. Und du hast doch ein gutes Zeugnis..."

„Ja, aber meine Mama..."

„Was ist mit deiner Mama?"

„Die Personalleiterin hat so komisch nach ihr gefragt. Ob ich ihre Tochter sei und so."

„Verstehe. Du denkst jetzt, sie sei vielleicht voreingenommen, weil sie nichts von deiner Mama hält, stimmt's?"

„Ja."

„Jetzt warte doch erst mal ab, Kia", wiederholte er. „Du hast doch noch mehr Bewerbungen laufen, oder nicht? Und wenn das alles nicht klappen sollte, dann bewirbst du dich eben ganz woanders, wo niemand deine Mama kennt. Jetzt laß mal den Kopf nicht hängen. - Ich habe nämlich eine Überraschung für dich."

„Echt?"

„Ja, echt."

Sie war neugierig. „Was denn für eine?"

Er lachte. „Ich lade dich zu einem Konzert der *Blueflames* nach Ahrlingen ein."

„Ahrlingen? Das ist doch aber ziemlich weit weg, oder?"

„Ja, ich weiß. Ich habe eine gute alte Bekannte dort. Sie hat eine Pension und vermietet Zimmer an Feriengäste. Sie wird eines extra für dich reservieren, weil wir ja nach dem Konzert die weite Strecke nicht mehr zurückfahren können."

Sie wußte gar nicht gleich, was sie sagen sollte. „Ist das teuer?"

Er lachte wieder. „Wenn man eine Überraschung geschenkt bekommt, fragt man nicht, was sie gekostet hat."

„Was ist denn das für eine Band? *Blueflames*, von denen habe ich noch nie was gehört."

„Sie sind großartig. Ich würde sagen, mindestens eine Klasse besser, als *DragonFire*."

„Und wann ist das Konzert?"

„Übernächstes Wochenende. Aber ich sag dir noch genau bescheid."

„Ja." Sie fühlte sich irgendwie bedrückt. Erst die seltsame Reaktion der Personalleiterin im Rathaus, und jetzt das Gegenteil: Jonas, der immer zur Stelle war, wenn sie Hilfe brauchte, und der jetzt auch noch versuchte, ihr eine Freude zu machen.

„He, freust du dich denn gar nicht?"

„Oh doch, Jonas. Ich kann gar nicht sagen, wie sehr ich mich freue."

„Also, vergiss jetzt die Anspielung der Dame im Rathaus und freu dich nur noch auf das besagte Wochenende. Ok?"

„Ja. Danke, Jonas." Jetzt kamen ihr doch wieder die Tränen. „Danke, danke!"

„He, Kleine, jetzt wird nicht geweint, verstanden?"

„Nein, nein, es geht schon wieder."

„Also bis dann, ich melde mich rechtzeitig."

„Ja, bis dann."

Ihre Mama hatte zwar bemerkt, dass sie sich nett zurechtgemacht und ein paar Sachen in ihre Sporttasche gepackt hatte, aber sie schien nicht wissen zu wollen, was sie vorhatte. Und Kia hatte eigentlich auch nicht vor, ihr etwas zu sagen. Doch weil sie nicht wollte, dass sich die Geschwister Sorgen machten, wenn sie einfach verschwand, rief sie Ayshe zu sich ins Zimmer.

„Hör zu!", sagte sie zu ihr, „Jonas wird mich nachher abholen, und ich werde erst morgen zurückkommen, -

vielleicht auch erst übermorgen, das weiß ich noch nicht so genau."

„Wer ist denn Jonas?"

„Das ist der Freund von mir, der an meinem Geburtstag da war."

„Der sich mit dir in deinem Zimmer eingeschlossen hat?"

„Er hat sich nicht mit mir eingeschlossen, ich habe die Tür zugemacht, weil ich nicht wollte, dass Mama reinkommt."

„Ok, und wo fahrt ihr hin?"

„Auch das weiß ich noch nicht, Jonas sagt, das soll eine Überraschung werden." Sie wollte nicht, dass sie zuviel erfuhr.

„Ist das der mit dem grünen VW-Bus?"

Kia wunderte sich. „Was weißt du denn von einem grünen VW-Bus?"

„Magnus hat dich mal in einen einsteigen sehen. Das hat er jedenfalls zu Francois gesagt."

„So, hat er das?"

„Ja. Ist das nun der, mit dem du wegfährst?"

Ohne die Antwort abzuwarten, lief sie zum Fenster, weil sie ein Auto gehört hatte. „Oh, er ist ja schon da! Der grüne VW-Bus ist da!", rief sie.

„Ok." Kia schnappte sich ihre Tasche und gab Ayshe schnell einen Kuss. „Mach's gut, Schwesterchen." Dann lief sie, ohne sich noch einmal umzusehen, aus dem Haus.

Jonas war inzwischen ausgestiegen. „Guten Morgen, Kleine. Na, hast du ausgeschlafen?", fragte er gutgelaunt wie immer und nahm ihr die Tasche ab, um sie auf dem Rücksitz zu verstauen. Irgendwo, wo noch Platz war.

Kia hätte wetten mögen, dass ihre Mama am Fenster stand, Ayshe hatte ihr die Neuigkeit sicher so schnell wie möglich überbracht. Und sicher rätselte sie immer noch herum, welche Rolle Jonas für ihre Tochter spielte und ob sie ihm tatsächlich die neuen Dessous vorgeführt hatte.

Sie fuhren auf der Autobahn in Richtung Karlsruhe, Jonas kannte die Strecke nach Ahrlingen gut. Er erzählte, dass er früher viel in dieser Gegend zu tun gehabt hatte.

Nach einer knappen Stunde bog er auf den Parkplatz einer Raststätte ein.

„Musst du tanken?" fragte sie ihn.

„Nein, der Sprit reicht noch. Aber du hast doch sicher heute früh noch nichts gegessen, oder?"

Sie schüttelte den Kopf und mußte lachen, weil er sie inzwischen schon so gut kannte.

„Das habe ich mir gedacht. Jetzt genehmigen wir uns erst mal ein anständiges Frühstück, und dann geht's weiter."

Kia war vorher noch nie in einer Autobahnraststätte gewesen, deshalb staunte sie, was man da alles kaufen konnte. Sie stellten sich dort an, wo es die Backwaren gab, und ihr fiel die Auswahl echt schwer. Schließlich entschied sie sich für ein mit Nutella gefülltes Hörnchen. Sie konnte sich gar nicht mehr daran erinnern, wann sie das letzte Mal so etwas gegessen hatte. Sie erschrak aber, als die Frau an der Kasse den Preis eintippte.

„Manometer, ist das teuer," raunte sie Jonas zu. „Wenn ich das gewusst hätte, hätte ich mir nur ein ganz normales Brötchen genommen."

Er lachte. „Selbst das ist hier teurer, als beim Bäcker. Aber mach dir mal keine Gedanken, du bist an diesem Wochenende mein Gast, und ich will, dass du es einfach nur genießt, dass du mal aus Bretzingen rauskommst und was anderes siehst und erlebst."

Als Getränk nahm sie sich eine heiße Schokolade, und Jonas trank zu seinem belegten Brötchen eine große Tasse Kaffee. Einen ,Pott', wie er es nannte.

Danach fuhren sie weiter.

„Es gibt einen ganz bestimmten Grund, warum wir uns heute die *Blueflames* anhören und ansehen", sagte er nach einer Weile. „Ich weiß nämlich nicht, wie es mit *DragonFire* weitergehen wird. Martin ist ziemlich krank, auch wenn er es nicht wahrhaben will, und der neue Schlagzeuger ist so lala, da weiß man auch nicht, wie schnell er auf dem Laufenden sein wird. Aus diesem Grund habe ich mich schon mal ein bisschen umgehört."

Kia war richtig erschrocken. „Musst du dann nach Ahrlingen umziehen?"

„Bis jetzt steht doch noch gar nichts fest. Ich will mir die Band erst nur mal ansehen und anhören."

„Und wenn sie dir gefällt? Kannst du dann so einfach sagen: Ich möchte ab jetzt bei euch spielen?"

Er lachte wieder. „Nein, ganz sicher nicht. Aber ich kenne ihren Lead-Gitarristen sehr gut, und weil der vorhat, ins Ausland zu gehen, hat er dem Bandleader vorgeschlagen, mich als seinen Nachfolger zu engagieren."

„Aber Ahrlingen ist so schrecklich weit weg."

„Im Augenblick wohne ich in Karlsruhe, das ist auch eine ziemlich weite Strecke bis Winterfeld."

„Du wohnst in Karlsruhe? Das hab ich gar nicht gewusst."

„Das war schon immer ein Hin und Her für mich. Allerdings..., mit den *Blueflames* käme ich dann wahrscheinlich noch weiter herum, als mit *DragonFire*, da müsste ich eben sehen, ob es notwendig für mich wird, irgendwo eine andere Wohnung zu finden."

Sie seufzte. „Dann kann ich euch ja gar nicht mehr bei den Proben besuchen. Und die Konzerte sind dann wahrscheinlich auch so weit weg, dass ich gar nicht mehr hinkommen kann."

„Noch ist es doch gar nicht soweit", wiederholte er.

„Und Malte und Ben, was machen die, wenn es *Dragon-Fire* eines Tages nicht mehr geben sollte?"

„Sie sind beide gut, die finden gleich wieder was. In Musikerkreisen spricht sich das rum, wenn gute Leute einen neuen Job suchen."

„Mmh." Diese Neuigkeit mußte sie erst einmal verdauen.

„Übrigens", sagte er, „egal wo oder mit wem ich spiele, ich werde dich auf alle Fälle hin und wieder zu einem der Auftritte holen. Ich werde es mir doch nicht mit meinem allergrößten Fan verderben." Und dann lachte er wieder sein Sonnenscheinlachen.

Ahrlingen war eine hübsche kleine Stadt. Kia gefielen die Fachwerkhäuser, vor deren Fenster Kästen voller bunter Sommerblumen hingen. Parallel zur Hauptstraße verlief ein kleiner Fluss oder Bach, der ihr gefiel, aber sie wußte nicht, ob es dafür einen Namen gab.

Jonas parkte den Bus in der Nähe des Rathauses. Dass es das Rathaus war, wußte man nur, weil es in großen goldenen Buchstaben über dem Eingang stand. Kia wäre am liebsten stehengeblieben, um sich alles genau anzusehen, doch Jonas meinte, dafür hätten sie später noch Zeit. Er wollte zuerst die Sache mit dem Zimmer für sie erledigen.

Die Pension *Goldstück* lag etwas abseits in einer Nebenstraße. Sie mußte über den Namen lachen, aber Jonas meinte, der wäre genau richtig, weil die Wirtin ein wahres Goldstück sei. Sie sei eine so nette Frau, dass man sie einfach gernhaben müsste, sagte er, und so, wie er über sie sprach, stellte sich Kia diese Frau jung und hübsch und sehr attraktiv vor. Älter als sie selbst natürlich, aber doch so, dass sie zu ihm passte. Sie dachte, vielleicht waren sie früher ja sogar einmal ein Paar gewesen, hatten sich dann aber getrennt, weil sie ihre Pension hatte und er seine Musik, und weil sie beides nicht unter einen Hut bringen konnten.

Kia war gespannt, als er den Klingelknopf drückte. Man hörte Schritte im Haus, die Tür ging auf, und... dann stand eine weißhaarige alte Dame vor ihnen. Sie strahlte, als sie Jonas sah, breitete die Arme aus und zog ihn stürmisch an sich. „Jonas! Wie schön, dass du dich mal wieder blicken lässt. Ich freu mich ja so..."

Sie streichelte seine Wange, nahm ihn wieder in den Arm

und schien sich fast nicht mehr beruhigen zu können, so sehr freute sie sich. Kia rätselte inzwischen herum, wer sie sein mochte. Seine Mutter sicher nicht, denn er hatte ihr ja erzählt, dass seine Eltern aus Norwegen kamen, aber schon vor Jahren gestorben waren. Bevor sie zu einem Schluss kommen konnte, nahm er ihren Arm und zog sie an seine Seite. „Mathilda, das ist Chiara, von der ich dir am Telefon erzählt habe. Ich dachte, ich nehme sie mit zum *Blueflame*-Konzert, damit sie mal aus ihrer Umgebung rauskommt."

Die Frau lachte sie freundlich an und gab ihr die Hand. „Du bist also der kleine Schützling, den Jonas unter seine Fittiche genommen hat?"

Kia mußte grinsen. Hatte er sie wirklich als seinen ‚kleinen Schützling' bezeichnet, als er mit Mathilda wegen eines Zimmers telefoniert hatte? Sicher wunderte sie sich nun, dass kein kleines Mädchen mehr vor ihr stand. Allerdings konnte sie auch verstehen, dass beide in ihr noch immer ‚die Kleine' sahen, denn vom Alter her hätte Jonas tatsächlich ihr Vater sein können und Mathilda durchaus ihre Großmutter.

„Dann kommt mal rein", sagte Mathilda und ließ die beiden eintreten. Sie führte sie die Treppe hinauf und öffnete die Tür zu dem Zimmer, das sie für Kia bestimmt hatte.

Die blieb fasziniert an der Schwelle stehen, traute sich kaum, weiterzugehen. Es war ein wunderschönes Zimmer, hell und sonnig, und auch hübsch eingerichtet. Mit gerahmten Bildern an den Wänden und einem frischen Tulpenstrauß auf dem kleinen Tischchen vor dem Fenster.

„Gefällt's dir?", fragte Mathilda ihren neuen Gast, und auch Jonas wartete gespannt auf ihr Urteil.

„In so einem schönen Zimmer habe ich noch nie übernachtet", war die Antwort, und das war die Wahrheit. Mit dieser Antwort schienen die Wirtin, wie auch Jonas, sehr zufrieden zu sein. Nachdem sich die beiden noch eine Weile

unterhalten und Erinnerungen an frühere Zeiten ausge-
tauscht hatten, machte Jonas den Vorschlag, zuerst einmal
essen zu gehen. Und ja, Kia knurrte inzwischen tatsächlich
schon der Magen, denn so ein Nutella-Hörnchen hält nun
mal nicht besonders lange an.

Das Restaurant, das er ausgesucht hatte, lag an der
Hauptstraße, - seitlich vom Gebäude gab es eine große
Terrasse, auf der schon einige Gäste saßen. Auch sie
beschlossen, draußen zu essen, denn es war warm und
sonnig, und nur ein ganz sanftes angenehmes Lüftchen
wehte. Kia bestellte dasselbe, wie er, obwohl sie nicht
genau wußte, wie das Gericht hieß. Es war ein Schnitzel mit
verschiedenen Beilagen, und trotzdem war es doch etwas
ganz Besonderes für sie. Etwas anderes, als nur ein paar
Fritten und eine Bratwurst vom Kiosk. Sie kam sich vor, als
wäre sie gar nicht die Kia Wagner aus Bretzingen. Und auch
nicht die Tochter der Annelore Wagner, deren Namen die
Personalleiterin vom Bretzinger Rathaus so seltsam ausge-
sprochen hatte. Sie war auf einmal…, - ja, wer war sie denn?
Sie richtete sich auf. Sie war eine junge Frau (da hatte
Mama irgendwie recht, fand sie), die mit ihrem ‚Väterlichen
Beschützer' in einem schönen und eleganten Restaurant zu
Mittag aß, um später mit ihm zusammen ein Konzert zu
besuchen…

Sie mußte lachen.

Jonas sah sie fragend an. „Was ist denn?"

„Dein ‚kleiner Schützling' fühlt sich heute wirklich gut."
Sie lachte immer noch.

Auch Jonas mußte schmunzeln. „Naja, irgendwie ist es
doch auch so: Wenn ich dich nicht beschütze und auf dich
aufpassen würde, wer macht es dann?"

Aber auf einmal war ihr Lachen weg, und sie wurde
wieder traurig. „Ich weiß gar nicht, wie ich das je wieder
gutmachen soll, Jonas. Ich meine all das, was du schon für
mich getan hast."

Er legte seine Hand auf ihren Arm. „Das musst du doch gar nicht, Kleine. Sieh mal, ich bin alleine, habe keine Familie. Wenn ich eine Frau und Kinder hätte, hätte ich wahrscheinlich weder Zeit noch Gelegenheit, dir oder sonst wem zu helfen."

„Hättest du gern Kinder gehabt?"

Im nächsten Augenblick bereute sie schon, dass sie das gefragt hatte. Wenn die Frau, die er verloren hatte, noch da wäre, hätten sie sicher auch Kinder. Aber weil es dieses Leben für ihn nicht gab, machte es ihm eben Freude, solchen Pechvögeln wie ihr hin und wieder zu helfen.

Er seufzte. „Ja, ich stelle es mir schön vor, Kinder zu haben und für sie zu sorgen", meinte er dann. Sie dachte, er würde vielleicht noch weiter darüber reden wollen, aber er schwieg, und erst eine ganze Weile später sagte er: „Ich freu mich, dass du dich heute so gut fühlst. Und du solltest es einfach genießen und dir keine traurigen Gedanken machen. Denk an das Konzert heute Abend, es wird dir ganz sicher gefallen."

Und er hatte recht, das Konzert war tatsächlich großartig. War sie damals schon begeistert gewesen, als sie *Dragon-Fire* das erste Mal gehört und gesehen hatte, die *Blueflames* waren, wie er schon gesagt hatte, mindestens eine Klasse besser. Auch die Halle, in der sie spielten, war viel größer. Das Bühnenbild, die Beleuchtung, die Akustik…, - wie sollte man das beschreiben… Außerdem hatten sie *drei* Gitarristen, und der Sänger wurde von einer Background-Sängerin begleitet. Kia war richtig stolz, wenn sie daran dachte, dass die Musiker an Jonas interessiert waren, wenn ihr jetziger Leadgitarrist ging. Sie wünschte ihm wirklich sehr, in einer solchen Band spielen zu können, - wenn das nur nicht damit verbunden wäre, dass er dann nur noch selten Gelegenheit haben würde, nach Winterfeld oder gar nach Bretzingen zu kommen.

„Wieso haben die denn drei Gitarristen?", raunte sie

Jonas zu.

„Einer ist der Bassgitarrist, von den anderen beiden ist einer der Leadgitarrist. Das ist der, der meistens die Soli spielt."

„Das ist das, was du bei *DragonFire* bist, stimmt's?"
Er nickte und lächelte.

Der Sänger vorn am Mikrophon gefiel ihr am besten von den *Blueflame*-Musikern. Sie fing an, ihn mit Malte von *DragonFire* zu vergleichen. Sein Haar war noch dunkler und noch länger, als das von Malte, wahrscheinlich war er auch um einige Jahre jünger. Er konnte seine Stimme total verändern, je nachdem, was er gerade sang. Manchmal klang sie hart und laut, und dann wieder ganz weich und sanft, und dann konnte sie einem richtig zu Herzen gehen. Seine Stimme und die der Sängerin im Hintergrund passten einmalig gut zusammen, fand sie. Im Gegensatz zu ihm hatte die Sängerin langes blondes Haar, und ihr schmales schwarzes Kleid, zu dem sie verschiedene Silberketten um den Hals trug, passte zum Outfit der übrigen Musiker. Kia mußte daran denken, dass ihre Musiklehrerin einmal gesagt hatte, dass auch sie eine sehr hübsche Stimme habe, aber sie hatte nur selten gesungen, und nie im Leben hätte sie sich zugetraut, einen solchen Sänger zu begleiten. - Schon gar nicht auf einer Bühne.

Nach dem Konzert traf sich Jonas noch mit dem Leadgitarristen in der Garderobe, und Kia freute sich, dass er sie mitnahm. Diesmal stellte er sie nicht als seinen ‚Schützling' oder als ‚kleinen Pechvogel' vor, sondern er sagte: „Das ist Kia, einer unserer größten Fans. Ich dachte, es würde ihr gefallen, mal eine Band wie die *Blueflames* kennenzulernen und zu erleben." Das sagte er so, dass keiner auf den Gedanken kam, sie könnte seine Tochter oder eine Verwandte von ihm sein, sondern einfach nur ein Fan. Das gefiel ihr.

Der Leadgitarrist hieß Emil, er gab ihr die Hand und fragte:

„Und? Hat's dir gefallen?"

Sie nickte. „Oh ja!" Mehr konnte sie nicht sagen, weil sie immer noch völlig beeindruckt war.

Die Garderobe der Musiker war viel größer, als die in der Sporthalle in Winterfeld, es waren auch viel mehr Leute, die sich darin aufhielten, denn neben den Musikern waren auch noch Roadies und Groupies dabei, und sogar jemand von der Presse.

Später erklärte ihr Jonas, dass die Roadies vor und nach einem Konzert halfen, alles auf- und abzubauen, die Groupies dagegen seien meistens Mädchen, die dauernd um einen oder mehrere Mitglieder einer Band herumschlichen und ihnen oft sogar nachreisten. Genaugenommen waren sie also auch nur Fans.

Nach einer Weile kam auch der Sänger in die Garderobe. Er war ein bisschen verschwitzt und wirkte müde, aber das war schließlich kein Wunder nach einem solchen Auftritt. Trotzdem war Kia wie vom Schlag getroffen, wie hübsch er von Nahem aussah, sie konnte den Blick kaum mehr von ihm wenden. Als er das merkte, lachte er sie an und fragte: „Na, wer bist denn du?", und sie stand da, und wußte wieder einmal nicht, was sie sagen sollte. Doch sein Lachen war richtig freundlich, nicht so seltsam wie das von Earl, als sie sich das erste Mal gesehen hatten.

Jonas kam ihr dann auch zu Hilfe. „Das ist Kia, ein großer Fan von *DragonFire*. Ich habe sie mitgebracht, weil ich mir denken konnte, dass ihr auch die *Blueflames* ganz besonders gut gefallen könnten."

Jonas kannte auch ihn sehr gut, sie schüttelten sich die Hände und klopften sich auf die Schultern, und der Sänger sagte zu ihm: „Vielleicht sehen wir uns demnächst ja öfter."

Jonas wollte dann noch mit den Musikern etwas trinken gehen, weil es noch einiges für sie zu besprechen gab. Und weil es schon spät war und er glaubte, das wäre eh' viel zu langweilig für Kia, schlug er ihr vor, sie vorher zu Mathilda

81

zu bringen. Oh ja, damit war sie einverstanden, denn das war ein langer und aufregender Tag gewesen, und inzwischen war sie todmüde.

4.

Auf ihre Bewerbungen hatte sie nur Absagen bekommen, und sie war enttäuscht. Insgeheim gab sie ihrer Mama die Schuld dafür, weil sie so war, wie sie war. Sie hätte gern mit Jonas darüber gesprochen, von Angesicht zu Angesicht, aber er hatte keine Zeit. Im Grunde war sie ja froh, dass er wenigstens per Handy zu erreichen war.

Eines Tages erzählte er ihr, dass man Martin unverhofft ins Krankenhaus gebracht hatte, weil etwas mit seinem Herzen nicht in Ordnung war, und ohne Keyboarder und mit einem Schlagzeuger, der noch gar nicht alle Stücke kannte, konnte *DragonFire* natürlich nicht auftreten. Deshalb waren alle Konzerte bis auf weiteres abgesagt worden. Es tat Kia leid für Martin, er war immer sehr nett zu ihr gewesen, und sein Keyboardspiel hatte sie auch sehr bewundert. Sie trug Jonas auf, ihn von ihr zu grüßen, wenn er ihn das nächste Mal im Krankenhaus besuchte.

Beim letzten Telefonat hatte ihr Jonas noch einmal die Adressen und die Telefonnummern von verschiedenen Firmen im Raum Karlsruhe durchgegeben, damit sie wieder neue Bewerbungen schreiben konnte.

„Gib nicht auf, Kleine, du hast ein gutes Zeugnis. Irgendwann wird's bestimmt klappen."

„Und wenn nicht?"

„Dann werden wir weitersehen."

Er selbst hatte inzwischen schon mit dem Manager der *Blueflames* gesprochen, war sogar schon ein paarmal bei ihren Proben dabei gewesen. Wie es aussah, würde er bald voll bei ihnen einsteigen können, und er schien sich sehr darüber zu freuen. Kia dagegen fühlte sich gerade deshalb einsam und alleine gelassen, wie nie zuvor. Sie durfte sich gar nicht vorstellen, wie weit weg er dann manchmal von ihr sein würde.

Mama redete nur wenig mit ihr, nur einmal meinte sie, sie hätte ihr ja rechtzeitig sagen können, dass sie einen Freund hätte, dann hätte sie sich den ganzen Aufwand an ihrem Geburtstag sparen können. Darauf hatte ihr Kia gar nicht geantwortet. Selbst, wenn sie versucht hätte, ihr zu erklären, wer Jonas für sie war, das hätte Mama eh' nicht verstanden. Später dachte sie manchmal, sie hätte ihr damals gleich sagen sollen, dass sie bald ganz von zu Hause weggehen würde. Doch wahrscheinlich hätte sie Jonas dann erst recht in völlig falschem Licht gesehen.

Kurze Zeit später war es dann soweit, dass sie nun nicht mehr drum herumkam, mit Mama darüber zu reden, weil Jonas eine Unterkunft für sie gefunden hatte. Anders zwar, als es ursprünglich geplant war, meinte er, aber dennoch besser, als wenn sie weiterhin zu Hause bleiben müsste.

Kia war gerade bei Anna, als sein Anruf kam. Im ersten Augenblick wußte sie nicht, was sie machen sollte. Sollte sie sie zuhören lassen, oder sollte sie während des Gesprächs lieber rausgehen? Vielleicht wäre Anna beleidigt gewesen, wenn sie das gemacht hätte, schließlich waren sie so etwas wie Freundinnen. Sie zog sich also nur in den äußersten Winkel der Nähstube zurück und versuchte, so leise wie möglich zu reden.

„Hallo, Kleine, was machst du gerade?", fragte Jonas.

„Ich bin bei Anna in der Nähstube."

„Aha", meinte er, sie hatte ihm ja von Anna erzählt. „Hat das einen bestimmten Grund, oder hast du sie nur einfach mal wieder besucht."

„Nur so ein Besuch", antwortete sie und schaute kurz zu der Freundin hinüber. Sie nähte neuerdings Kochhandschuhe, die sie mit Watte füllte, bis sie so dick waren, dass man sich nicht mehr verbrennen konnte. Sie tat, als interessiere sie sich gar nicht für Kia und ihr Telefongespräch, aber man sah ihr an, dass sie die Ohren spitzte.

„Kannst du reden, oder soll ich später noch mal anrufen?", fragte Jonas.

„Äh…, ich kann zuhören."

„Ok, ich verstehe. Ich wollte dir nur sagen, dass ich eine Lösung für dich gefunden habe. Allerdings nur eine Art Zwischenlösung, aber für den Anfang sollte es gehen."

„Ja?"

Eine Sekunde lang schwieg er, dann meinte er: „Hör zu, Kia, es ist vielleicht doch besser, wenn du alleine bist, wenn ich dir die Sache erkläre. Du sollst dir doch auch deine Gedanken dazu machen und mir sagen, was du davon hältst. Vielleicht kannst du mich später anrufen, wenn du von Anna kommst. Wäre das in Ordnung?"

„Ja, klar. Ich rufe dich an."

Anna probierte einen fertigen Handschuh an und hielt ihn ein bisschen von sich weg, um ihn besser begutachten zu können. Er sah hübsch aus, sie hatte buntgemusterten Stoff dafür verwendet.

Kia überlegte, ob sie ihr sagen sollte, wer angerufen hatte und worum es ging, aber das ließ sie dann doch lieber bleiben. Im Augenblick brauchte sie es noch gar nicht zu wissen. Sie blieb noch eine Weile bei ihr, schaute aber irgendwann auf die Uhr. „Ich muß gehen", sagte sie dann. Betont langsam ging sie in Richtung Tür, weil sie nicht den Eindruck erwecken wollte, sie wollte so schnell wie möglich weg von ihr. Dabei hatte sie es tatsächlich sehr eilig, denn sie war ja gespannt, was Jonas ihr zu sagen hatte.

Sie lief in den Garten hinter dem Haus und setzte sich auf die Steine für die Grillstation, - das war der einzige Platz, wo sie wirklich ungestört war.

„Da bist du ja, Kleine. Ich hoffe, ich habe dich nicht bei

was Wichtigem gestört."

„Nein, nein, ich gehe nur manchmal zu Anna, weil sie die einzige in unserer Nachbarschaft ist, mit der ich reden kann. Aber alles muß sie ja auch nicht grad wissen."

Er lachte. „Da hast du recht." Dann fragte er: „Wie verhält sich eigentlich deine Mama dir gegenüber seit dem Geburtstag?"

„Wir reden kaum miteinander."

„Sie hat aber nichts mehr für dich arrangiert, oder?"

„Nein. Aber wahrscheinlich auch nur deshalb nicht, weil sie glaubt, dass *du* jetzt die Rolle spielst, die sie einem ihrer Gäste zugedacht hatte."

„Das soll sie ruhig denken, das ist egal. Die Hauptsache ist doch, sie lässt dich in Ruhe."

„Ja." Sie war neugierig, ob es schon Neuigkeiten gab, wollte ihn aber nicht drängen.

Er atmete noch einmal tief durch, dann begann er: „Kia, ich habe mir was überlegt. Das ist zwar nur eine Notlösung, aber das ist auf jeden Fall besser, als wenn du noch länger zu Hause bleibst. - Du erinnerst dich doch sicher noch an Mathilda?"

„Mathilda in Ahrlingen? Ja."

„Ich habe mit ihr ausgemacht, dass du vorerst bei ihr wohnen kannst."

„Aber das ist eine Pension, die Zimmer kosten doch was."

„Ja, das ist richtig. Sie verlang auch eine kleine Gegenleistung dafür, wenn du bei ihr wohnst. Sie ist nicht mehr die Jüngste, und sie meinte, sie braucht unbedingt jemanden, der ihr bei der Arbeit ein bisschen zur Hand geht. Damit hätten wir doch zwei Fliegen mit einer Klappe geschlagen, oder nicht? Sie hätte eine Hilfe, und du hättest ein hübsches Zimmer ganz umsonst. Sie würde dir sogar noch ein kleines Taschengeld geben. - Was sagst du dazu?"

Im ersten Augenblick wußte sie beim besten Willen nicht, was sie dazu sagen sollte. Nicht, dass ihr der Gedanke daran nicht gefallen hätte, Mathilda war eine wirklich nette Frau, und da Jonas sie so gernhatte, *mußte* sie ein guter Mensch sein. Auch die Zimmer waren hübsch. Natürlich würde sie nicht das allerschönste bekommen, aber das war egal. Schöner als ihres zu Hause wäre es allemal...

„Kia, was ist los? Warum sagst du denn nichts?"

„Ich..., ich bin ganz durcheinander. Was müsste ich denn bei ihr machen?"

„Nichts Besonderes. Ihr einfach dabei helfen, die Zimmer in Ordnung zu halten, vielleicht auch mal, das Frühstück für die Gäste zu richten, einzukaufen, staubzusagen, oder ihr bei der Wäsche zur Hand zu gehen... Was eben so anfällt in einem Haushalt. Einzelheiten müsstest ihr miteinander besprechen und regeln."

„Und dann brauchte ich nichts für das Zimmer zu bezahlen?"

„Nein, du wärst dann ja sowas wie ihre Angestellte. Wie ich schon sagte, du würdest sogar noch ein kleines Taschengeld von ihr bekommen, damit du dir auch selbst mal was kaufen kannst."

Als ihr bewusst wurde, was das bedeutete, fing ihr Herz an, heftig zu klopfen. In Gedanken sah sie sich schon, wie sie mit Mathilda durch das schöne Haus ging und mit ihr zusammen dafür sorgte, dass immer alles hübsch und in Ordnung war. Sie sah sich in den Straßen von Ahrlingen zwischen den bunten Fachwerkhäuschen spazierengehen und wußte, dass Jonas ganz in der Nähe mit seiner neuen Band *Blueflames* probte oder um Ahrlingen herum auf ihren Auftritten spielte.

„Glaubst du wirklich, dass das klappt?", fragte sie vorsichtig.

Sie hörte ihn lachen. „Aber klar klappt das. Mit Mathilda ist alles schon besprochen, jetzt hängt es nur noch davon ab, ob auch *du* damit einverstanden bist."

Auf einmal mußte auch sie lachen. „Ja! Ja! Natürlich bin

ich damit einverstanden!"

Dann fiel ihr ein, dass er von einer Notlösung gesprochen hatte, das bedeutete, dass dieser Vorschlag nur für eine begrenzte Zeit galt.

„Und wie lange gilt diese Notlösung?", fragte sie dann.

„So lange, bis du einen guten Ausbildungsplatz gefunden hast", sagte er, „danach müssen wir sehen, wohin es dich verschlägt. Du musst mir aber auf jeden Fall versprechen, dass du dir Mühe bei den Bewerbungen gibst, und dass du sie so schnell wie möglich abschickst. Wenn du zu einem Gespräch eingeladen wirst und du weißt nicht, wie du hinkommen sollst, dann sag mir bescheid. Entweder fahre ich dich selbst hin, oder ich schicke dir jemanden, der das an meiner Stelle übernimmt."

„Und wenn ich einen guten Ausbildungsplatz gefunden habe?"

„Dann sehen wir uns dort nach einer geeigneten Unterkunft für dich um."

Sie dachte: ‚Mein Gott, was würde ich bloß machen, wenn es ihn nicht gäbe?‘ Bei Mama hatten sie als Kinder zwar immer satt zu essen und was anzuziehen gehabt, doch im Großen und Ganzen mußten sie immer selbst sehen, wie sie zurechtkamen. Sie kannte es nicht, dass sich jemand so sehr um sie sorgte.

„Jonas?"

„Was ist, Kleine?"

„Ich glaube, du hättest es viel leichter ohne mich."

„Sag doch nicht sowas! Ich helfe dir gerne, das weißt du doch."

„Ja, aber…"

„Nichts aber! - Glaubst du, du kannst bis morgen Mittag alles erledigen, was du noch zu erledigen hast, bevor ich dich abhole?"

Sie nickte, obwohl er das nicht sehen konnte. „Die Sachen, die ich mitnehmen will, habe ich schon lange alle zusammengepackt. Zum Glück ist dein Auto groß genug."

Er lachte wieder. „Glaubst du, dass wir ohne Anhänger auskommen werden?"

Sie mußte auch lachen, doch dann fiel ihr ein, was ihr noch bevorstand. „Ich muß noch mit meiner Mama reden."

„Wenn du willst, kannst du damit warten, bis ich dort bin, dann reden wir zusammen mit ihr."

„Nein, nein, das muß ich alleine machen. Vielleicht kann ich auch noch mit meinen Geschwistern reden. Und von Anna will ich mich vorher auch noch verabschieden."

„Und was ist mit deinen anderen Freunden aus der Nachbarschaft? Wahrscheinlich wirst du sie für eine lange Zeit nicht mehr sehen."

„Marcel und Pink? Oh, das ist nicht so wichtig, die kann ich irgendwann zwischendurch mal anrufen und ihnen alles erklären."

„Also gut, dann halt die Ohren steif, Kleine. Laß dich nicht unterkriegen. Morgen Mittag hole ich dich ab, und dann fängt ein ganz neues Leben für dich an."

Irgendwie kamen ihr wieder die Tränen, aber sie wollte nicht, dass er es merkte.

„Bis morgen!", sagte sie, und dann drückte sie das Gespräch ganz schnell weg.

In der kommenden Nacht schlief sie kaum. Und wenn, dann immer nur für eine kurze Weile. Dann hatte sie schreckliche Träume von wilden Tieren, die nach ihr griffen oder die über sie herfielen. Sie wußte, dass das nur die Angst war vor dem Neuen und Unbekannten, das auf sie zukommen würde, aber trotzdem erschreckte es sie.

Sie wußte nicht, ob Mama noch in ihrem Schlafzimmer war, als sie sich am nächsten Morgen etwas zum Frühstück zusammensuchte, oder ob sie schon unterwegs war, um Besorgungen zu machen. Francois und Ayshe schliefen noch, es waren ja Ferien. Sie kontrollierte noch einmal ihre

Taschen, die fertig gepackt in ihrem Zimmer standen, dann machte sie sich auf den Weg zu Anna.

Die Schneiderin war gerade dabei, aus verschiedenen Stoffresten neue Teile für ihre Kochhandschuhe zuzuschneiden. Sie wunderte sich, dass Kia so früh dran war.

„Was ist los? Hast du was vor, weil du schon munter bist?"

„Anna, ich geh von zu Hause weg", platzte sie heraus.

Anna ließ die Schere, die sie in der Hand gehalten hatte, sinken. „*Was* machst du?", fragte sie ungläubig.

„Du hast richtig gehört: Ich gehe weg. Heute noch. Heute Mittag werde ich abgeholt."

„Von wem? Und wohin gehst du?"

„Ich gehe nach Ahrlingen. Dort kann ich arbeiten, bis ich einen Ausbildungsplatz gefunden habe."

Anna sah mißtrauisch auf. „Arbeiten? Was für eine Arbeit ist denn das?"

„Eine gute Arbeit, Anna. Als Haushaltshilfe in einer Pension."

„Und wer steckt dahinter? Hat dir das deine Mama vermittelt?"

Kia wußte, was sie dachte und schüttelte schnell den Kopf. „Nein, nein, Mama weiß doch noch gar nichts davon, ich muß nachher erst noch mit ihr reden. Ich hoffe nur, sie macht kein Theater."

„Und wer ist es dann, der dir diese Stelle besorgt hat? Ich hoffe, du lässt dich nicht auf etwas ein, was du später bereuen könntest."

„Aber nein. Erinnerst du dich an den grünen VW-Bus, der mich vor einiger Zeit mal abgeholt hat? Er gehört einem Freund von mir. Die Wirtin der Pension ist eine gute Bekannte von ihm, und sie hat zugestimmt, dass ich bei ihr unterkommen kann, bis ich eine Ausbildung anfange."

Anna nickte nur, sagte aber nichts.

„Weißt du, er hat einfach Angst um mich, wenn ich bei Mama bleibe. An meinem Geburtstag wollte sie schon mal versuchen, mich verschiedenen ihrer Freunde anzubieten. Wie wenn ich ein Möbelstück wäre, oder etwas anderes, was man verkaufen oder vermieten kann. Da hat er mich auch vor dem Schlimmsten bewahrt, dieser Freund. Ich weiß nicht, was hätte passieren können, wenn er nicht gekommen wäre."

„Ich habe immer befürchtet, dass sie irgendwelche Pläne mit dir hat, wenn du mal im richtigen Alter bist. Ich bin nur froh, dass sie überhaupt so lange damit gewartet hat."

Sie sah Kia nachdenklich an, und auch ein bisschen traurig. Dann nahm sie sie in den Arm.

„Du bist ein gutes Mädchen, Kia, deshalb wünsche ich dir, dass dieser Mann es fertigbringt, dich glücklich zu machen."

Sie machte sich von ihr los. „Nein, Anna, du verstehst das falsch, er will mich doch nicht heiraten."

„Naja, nicht direkt heiraten, aber…"

„Nein. Im Grunde will er gar nichts von mir."

„Nicht?"

Sie mußte lachen. „Aber nein. Er ist doch schon so alt, dass er mein Vater sein könnte."

„Aber warum will er dir dann helfen, wenn er keine Absichten hat?"

„Ganz einfach: Weil er ein Mensch mit einem guten Herzen ist. Er lebt ganz allein, weil er vor Jahren die Frau verloren hat, die er geliebt hat. Und weil er keine eigenen Kinder hat, versucht er, solchen wie mir zu helfen."

„Und er wird nicht…?"

Sie lachte wieder. „Nein, Anna, er wohnt nicht in dieser Pension in Ahrlingen, sondern ganz woanders. Außerdem ist er dauernd mit seiner Band unterwegs, er ist nämlich Musiker, weißt du?"

Sie schaute auf die Uhr über dem Zuschneidetisch.

„Anna, ich muß gehen, ich muß doch noch mit Mama reden. Ich bin nur schnell vorbeigekommen, um dir auf

Wiedersehen zu sagen." Auch sie war jetzt richtig traurig. Sie wußte, die Besuche bei ihr würden ihr sehr fehlen.

„Ich ruf dich auf alle Fälle ab und zu an. Und vielleicht komme ich dich auch irgendwann mal besuchen."

Anna nahm sie noch einmal in den Arm. „Mach's gut, Mädchen. Ich wünsch dir alles Gute."

Kia mußte schlucken. „Auf wiedersehen, Anna. Und danke, dass du immer für mich da warst."

Sie sah, dass die Freundin Tränen in den Augen hatte, und deshalb verließ sie so schnell wie möglich die Nähstube und das Haus, und dann rannte sie heim, ohne sich noch einmal umzusehen.

Inzwischen war Mama zu Hause, sie stand in der Küche und richtete das Frühstück für die Geschwister. Sie sah kurz auf, als Kia hereinkam.

„Guten Morgen, Mama."

„Guten Morgen."

„Mama, ich werde weggehen von zu Hause."

Noch einmal warf sie ihr einen schnellen Blick zu. „Wenn du meinst, dass es das Richtige ist..."

„Ja, das denke ich."

Sie zuckte nur die Schultern und strich weiter Margarine auf die Brotscheiben.

Kia schluckte. „Tut es dir denn gar nicht leid, wenn ich gehe?"

„Warum sollte es mir leidtun? Du bist alt genug und kannst selbst entscheiden, wie dein weiteres Leben verlaufen soll."

Kia wurde ärgerlich. „Ach! Das hörte sich an meinem Geburtstag aber noch ganz anders an. Da durfte ich mich nicht mal entscheiden, wie ich ihn feiern wollte. Da sollte ich plötzlich eine erwachsene Frau sein und in einem Dessous den Männern gefallen, die du für mich ausgesucht hast."

„Red keinen Unsinn. Glaubst du wirklich, ich hätte dich

gezwungen, das anzuziehen und dich damit vor ihnen zu präsentieren?"

„Wozu waren sie denn sonst da? Du wolltest ihnen zeigen, was für eine hübsche Tochter du hast. Und ja, wenn sie einem von ihnen gefallen hätte, dann hättest du ihn mit ihr in ihr Zimmer geschickt, und die fünfzig Euro eingeschoben, die er dir dafür in die Hand gedrückt hätte."

Mama wandte sich um und gab ihr eine schallende Ohrfeige. Verblüfft hielt sich Kia die Wange.

„Herrgott, Mama, glaubst du denn, ich weiß nicht, was los ist? Glaubst du wirklich, die Leute um uns herum wissen nicht längst, wie du dein Geld verdienst? Glaubst du, sie hätten uns Kinder das nicht immer wieder spüren lassen, was sie von dir halten? Francois und Ayshe sind noch nicht alt genug, um sich gekränkt und gedemütigt zu fühlen, aber eines Tages werden sie es verstehen und dich genauso dafür hassen wie ich."

Sie war erschrocken über das, was sie gerade gesagt hatte. Hasste sie sie wirklich? Sie war doch ihre Mutter. Hatte sie nicht auch schon vor ihrem 18. Geburtstag gewusst, was sie tat, und hatte es sie damals gestört, solange sie sie in Ruhe gelassen hatte? Und genauso wenig störte es Francois und Ayshe. - Bis jetzt.

Sie war noch immer dabei, Brote zu richten, aber Kia sah, dass sie Tränen in den Augen hatte.

„Mama", sagte sie, und ihr kamen selbst die Tränen. „Du hättest mich an meinem Geburtstag in Ruhe lassen sollen. Ich bin anders als du. Ich will eines Tages eine richtige Familie haben. Einen Mann, mit dem ich mein Leben lang zusammenbleiben kann, verstehst du?"

Sie sah sich nach ihr um. „Glaubst du vielleicht, das hätte ich nicht auch gewollt?"

„Aber was ist passiert, dass es nicht geklappt hat?"

Sie atmete tief aus. „Vieles", sagte sie leise. „Viel zu vieles." Dann legte sie das Messer zur Seite, wandte sich nach Kia um und sah sie an.

„Mag sein, dass du anders bist, als ich. Aber scheinbar nicht so sehr viel, wie du glaubst. Sonst würdest du dich nicht mit diesem Mann abgegeben, der vom Alter her dein Vater sein könnte, und der dir jetzt vielleicht den Himmel auf Erden verspricht."

‚Oh mein Gott!', dachte Kia. ‚Sie hat ja keine Ahnung. Was ich ihr auch antworten würde, sie würde es nicht verstehen. Sie würde nicht glauben wollen, dass Jonas anders ist als die, denen sie ihre Dienste anbietet.'

Sie wandte sich um, und die Tränen liefen ihr übers Gesicht.

„Leb wohl, Mama. Sag Francois und Ayshe, dass ich sie liebhabe." Sie nahm ihre Taschen, die schon im Flur standen, und dann ging sie.

Sie hatte immer noch Tränen in den Augen, als sie neben Jonas im grünen VW-Bus saß. Er beobachtete sie von der Seite.

„Ich habe nicht gewusst, dass es dir doch so schwerfällt, von zu Hause wegzugehen", sagte er und legte seine Hand kurz auf ihren Arm.

„Das ist es nicht, Jonas."

„Was ist es dann?"

„Ich habe meiner Mama gesagt, dass ich sie hasse."

„Und das tut dir jetzt leid?"

Sie hob die Schultern. „Ich weiß nicht. An meinem Geburtstag habe ich sie wirklich gehasst. Und ich hasse auch das, was sie tut, aber…"

„Aber?"

„Vielleicht hat sie gar nicht so werden wollen, wie sie ist, vielleicht hätte sie sich auch ein ganz anderes Leben gewünscht."

„Kann schon sein. Wahrscheinlich ist sie damals, als sie dich bekommen hat, mit der Situation überfordert gewesen. Aber seither sind achtzehn Jahre vergangen. Wenn sie es wirklich gewollt hätte, hätte es sicher Möglichkeiten für sie gegeben, etwas aus ihrem Leben zu machen."

„Vielleicht konnte sie es gerade deshalb nicht, weil ich schon da war."

„Es gibt viele Frauen, die ein uneheliches und nicht geplantes Kind zur Welt bringen, das muß heutzutage kein Hindernis mehr dafür sein, ein normales Leben zu führen. Aber wir kennen das deiner Mama nicht, Kia. Es bringt nichts, sich jetzt Gedanken darüber zu machen, was sie damals hätte anders machen können. Es war nicht deine Schuld, dass du auf die Welt gekommen bist."

Sie seufzte, er hatte ja recht. ‚Sie hätte es so machen sollen, wie ich jetzt: Einfach weggehen', dachte sie. ‚Mich hätte sie ja mitnehmen können. Dann wäre vielleicht für uns beide einiges besser gelaufen. Aber jetzt muß ich alleine sehen, wie ich meinem Leben eine andere, eine bessere Richtung geben kann.'

Das Radio spielte ganz leise Musik. Kia mochte es, wenn es bei der Arbeit lief, und Mathilda hatte nichts dagegen. Den ganzen Morgen hatte sie Tischwäsche gebügelt, das war ziemlich anstrengend gewesen, und sie spürte es in den Armen. Danach hatte Mathilda sie in den kleinen Garten hinter dem Haus geschickt, um verschiedene Kräuter für das Mittagessen hereinzuholen. Inzwischen kannte sie sich schon ein bisschen aus und wußte, welches davon in welches Gericht gehörte. Mathilda war eine gute Köchin, und in der kurzen Zeit, in der sie nun schon bei ihr war, hatte sie viel von ihr gelernt.

Am Nachmittag machte sie sich auf den Weg in die Stadt, um einige Besorgungen für ihre Chefin zu erledigen. Sie ging gern durch die Stadt, sie war so bunt und farbenfroh.

Gerade war sie wieder auf dem Rückweg in die Pension, als sich ihr Handy meldete. Sie dachte, Mathilda hätte vielleicht etwas vergessen, was sie ihr von unterwegs noch hätte mitbringen sollen. Doch es war Jonas!

„Hi!" Kia freute sich. „Wie geh'ts dem berühmten *Blue-flame*-Leadgitarristen?"

Seit sie in Ahrlingen war, hatte sie ihn nur selten gesehen, weil die *Blueflames* auf einer kleinen Tournee durch Rheinland-Pfalz gewesen waren.

Er lachte. „Dem geht's großartig. Und wie geht's meinem kleinen Schützling in seiner neuen Welt?"

Auch sie lachte. „Dem geht's natürlich auch gut."

„Ist das auch wahr, oder willst du mich nur beruhigen?"

Kia wurde wieder ernst. „Nein, Jonas, das ist wahr. Mathilda ist eine so liebe Frau. Wenn ich eine solche Mama gehabt hätte, wäre ich sicher ein ganz anderer Mensch geworden."

„He, he, sowas darfst du nicht sagen. *Trotz* deiner Mama bis du ein wunderbarer Mensch geworden. Ich würde gar nicht wollen, dass du anders bist, als du bist."

„Das sagst du nur so."

„Nein, das meine ich ganz ehrlich. - Übrigens, hast du heute Abend schon was vor?"

„Fernsehen vielleicht. Mathilda hat mir einen kleinen Fernseher in mein Zimmer gestellt."

„Oh, das war aber nett von ihr. Aber so ist sie nun mal: Ein echtes *Goldstück*, habe ich recht?"

„Ja wirklich, das ist sie."

„Ich hätte dir heute Abend aber auch etwas Besonderes zu bieten. Und zwar live. *Blueflames* in Concert, im *Underground* in Karlsruhe."

„Nein!" Sie jubelte. „Wirklich?"

„Ja, wirklich. Ich würde dich halb acht abholen. Wäre das in Ordnung?"

„Aber ja! Ja! Ich kann dir gar nicht sagen, wie sehr ich mich freue. Das muß ich gleich Mathilda sagen. Ich glaube nicht, dass sie für heute Abend noch irgendetwas Wichtiges für mich zu tun hat. Und wenn..."

„...dann hat das sicher morgen noch Zeit."

„Ich freu mich so, Jonas!"

„Ich freu mich auch, Kleine. Ich hab dich schon richtig vermisst!"

Kurz vor halb acht Uhr stand er dann vor der Tür der Pension *Goldstück*. Er sah umwerfend aus: Ganz in Schwarz, und das Haar hing ihm in Locken über den Schultern, - ganz so wie damals, als sie ihn das erste Mal bei *DragonFire* gesehen hatte.

Auch Mathilda war begeistert und konnte kaum den Blick von ihm wenden. „Wie in alten Zeiten," schwärmte sie lachend, „erinnerst du dich noch an die *Ghostriders* und den alten Jakob? Mein Gott, wie jung ihr damals ward. Und alle Mädels habt ihr verrückt gemacht. Aber du warst nur…"

Sie schwieg plötzlich, und obwohl auch Jonas gelacht hatte, sah man ihm an, dass sie etwas in ihm berührt hatte, an das zu denken ihm wehtat. Und über seiner Nasenwurzel stand wieder diese tiefe Falte. Hatte Mathilda die Frau gekannt, die Jonas damals verloren hatte?

Kia war richtig ein bisschen böse auf sie, weil sie ihn traurig gemacht hatte, und betont lustig fuhr sie dazwischen und rief: „Jetzt werde ich endlich mal den neuen *Blueflames*-Gitarristen live erleben."

Jonas hatte sich auch schnell wieder gefangen, lachte und meinte: „Dann darf ich dich heute wohl nicht enttäuschen, was?"

In der Garderobe vom *Underground* kamen alle Musiker vor Beginn des Konzerts noch einmal zusammen, und Pascal, der Keyboarder, der auch Chef der Band war, gab noch verschiedene Anweisungen. Kia wollte nicht stören, deshalb blieb sie draußen auf dem Gang stehen, denn Jonas hatte ihr gesagt, dass jemand kommen würde, um sie abzuholen und ihr ihren Platz zu zeigen.

Auf einmal kam der hübsche Sänger heraus, und sie war richtig erschrocken. Auch er war ganz in Schwarz gekleidet, sein fast schwarzes Haar reichte ihm bis auf die Schultern, und im linken Ohrläppchen blinkte ein kleiner goldener Ring. Er sah fantastisch aus.

„Hey, dich kenn' ich doch", sagte er lachend, als er sie sah. „Bist du nicht der große Fan von *DragonFire*, den Jonas uns neulich vorgestellt hat?"

Sie konnte nur nicken.

„Ist echt schade, dass es mit *DragonFire* so kommen mußte, war eine gute Band. Aber Glück für uns, dass wir auf diese Weise einen Gitarristen wie Jonas gefunden haben."

Sie war ganz verlegen geworden, weil er sie so eindringlich musterte, und sie ärgerte sich über sich selbst, weil sie wieder einmal nicht wußte, was sie sagen sollte. Und auch, weil ihr Herz plötzlich anfing, wie verrückt zu klopfen. Um irgendwas zu tun, machte sie sich an ihrem Schuh zu schaffen, denn hätte sie ihn länger angesehen, hätte sie wahrscheinlich wackelige Knie bekommen. Sowas war ihr bisher noch nie passiert. Nicht mal bei Earl, obwohl der ihr am Anfang auch gut gefallen hatte.

Zum Glück kam dann der Roadie Mirac aus der Garderobe, Jonas hatte ihn geschickt, um ihr ihren Platz zu zeigen. Das war nämlich kein Platz im Zuschauerraum, sondern irgendwo seitlich der Bühne hinter den Kulissen. Ein ganz besonderer Platz, denn von dort aus konnte sie Jonas und auch den Sänger gut beobachten.

Das Konzert war wirklich unbeschreiblich. Sie war so stolz, dass Jonas, - ihr Freund Jonas - nun zu einer so berühmten Band gehörte und bei ihnen die Leadgitarre spielte. Und es wurde sogar schon davon gesprochen, dass sie demnächst sogar in einem Studio in Karlsruhe eine CD aufnehmen würden. Irgendwie konnte sie es manchmal kaum begreifen, dass dieser Gitarrenkünstler da vorne derselbe Jonas war, der sie schon so oft in seinem alten grasgrünen VW-Bus herumgefahren hatte.

Nach dem Konzert wollte Mirac sie wieder abholen, aber

dann kam der hübsche Sänger und schickte ihn fort. „Du kannst gehen, ich mach das schon", sagte er zu ihm, und zu Kia sagte er: „Komm mal mit. Wenn du willst, kannst du von jedem von uns ein Autogramm haben."

Sie folgte ihm, und während sie durch verschiedene Gänge in Richtung Garderobe liefen, fragte er sie: „Wie war doch gleich dein Name? Kira, stimmt's?"

„Nein, Kia. Ohne ‚r'."

Er stutze, doch das war sie ja schon gewohnt, wenn sie jemandem ihren Namen nannte. Deshalb erklärte sie ihm gleich: „Wie das Auto. Das ist die Abkürzung von Chiara."

„Chiara! Welch ein hübscher Name." Das klang wirklich schön, wie er das sagte. „Ich werde dich in Zukunft immer Chiara nennen."

In der Garderobe war sehr viel los, aber sicher war das in den meisten Künstlergarderoben von größeren und berühmteren Bands so. Die Gitarristen verstauten gerade wieder ihre wertvollen Instrumente in den eigens dafür gemachten Spezialkoffern, manche der Musiker unterhielten sich oder rauchten noch schnell eine Zigarette. Der Sänger griff nach einer der *Blueflame*-Fotokarten, von denen ein Stoß auf einem Tisch lag. Wahrscheinlich war Jonas noch gar nicht auf dem Foto, weil er neu war, dachte sie ein bisschen enttäuscht, aber das war egal. Von ihm konnte sie ja zu jeder Zeit ein Autogramm bekommen. Ein ganz besonderes sogar, wenn sie ihn darum bat.

Als der Sänger einen Kugelschreiber gefunden hatte, rief er in die Runde: „Hey Leute, Chiara ist ein ganz spezieller Fan von uns und hätte gern ein Autogramm von allen."

Erst als er ihren Namen hörte, blickte Jonas auf.

„He, Kleine, da bist du ja! Na, wie hat's dir gefallen?", fragte er und lachte, und sie strahlte und konnte noch gar nichts sagen, so fasziniert war sie noch immer.

Bereitwillig hatten die Musiker den Kugelschreiber zur Hand genommen und ihre Namen auf die Karte gesetzt.

Kia mußte an Marcel denken und wie schön es wäre, wenn sie mit diesen Autogrammen ein bisschen vor ihm angeben könnte. Eigentlich war er ja eher an Rennfahrern interessiert, aber die Unterschriften von Musikern einer so bekannten Band wie den *Blueflames* hätten ihm sicher auch ein paar Bewunderer eingebracht.

Nach dem Konzert lud Jonas sie noch in ein Restaurant in der Nähe vom *Underground* ein. Das war sehr elegant. Der Boden war mir dicken Teppichen ausgelegt, die jeden Laut verschluckten, an der Decke hingen riesige Leuchter aus Glas und Metall, und es sah großartig aus, wie sich die unzähligen Lichter in diesem Metall spiegelten. Auf den Tischen mit den blütenweiß gestärkten Tischdecken standen kleine Blumengestecke mit Kerzen in der Mitte.

„Du bist wirklich der beste Gitarrenspieler, den ich kenne", sagte sie zu ihm, „die anderen beiden sind nicht halb so gut, wie du."

„Das darfst du sie aber nicht hören lassen", meinte er lachend, dann schüttelte er den Kopf. „Nein, nein, Kia, sie sind auch sehr gut, nur hat man als Leadgitarrist den Vorteil, dass man die Soli spielen darf und die Zuhörer einem dadurch viel mehr Aufmerksamkeit schenken."

„Der Sänger ist auch sehr gut", sagte sie so ganz nebenbei und nahm einen Schluck aus ihrem Cola-Glas.

„Der Lars? Ja, da hast du recht, er hat eine fantastische Stimme", meinte Jonas. „Er kann quasi alles singen, von hartem Rock bis zu sanften Balladen."

„Kommt er auch aus Norwegen wie du?" fragte sie weiter.

„Du meinst wegen seines Vornamens? - Nein, das glaube ich nicht. Das hätte er sicher schon mal erwähnt."

„Er sieht sehr gut aus", sagte sie, während sie mit dem Finger das Muster auf der Tischdecke nachfuhr.

Jonas sah sie aufmerksam an, dann lachte er. „So, so, er gefällt dir also?"

Sie hob die Schultern. „Ja, irgendwie schon."

„Du gefällst ihm übrigens auch."

„Ich?" Nun wurde sie rot und wußte nicht, wohin sie gucken sollte.

„Ja, das hat er mir damals schon gesagt, als du das erste Mal mit dabei warst. - He, Kleine", er legte seine Hand auf ihre, „deshalb musst du doch nicht verlegen werden. Er ist ein attraktiver junger Mann, warum sollte er einer jungen hübschen Frau wie dir nicht gefallen?"

„Wahrscheinlich ist er doch längst verheiratet, oder nicht? Und aus verheirateten Männern mach ich mir sowieso nichts."

Jonas grinste. „Das ist sehr vernünftig von dir. Aber was Lars betrifft, der war, glaube ich, irgendwann mal verlobt. Doch das ist lange her, und soviel ich weiß ist das damals in die Brüche gegangen. Aber ich werde mal nachforschen und herausfinden, wie es heutzutage mit ihm aussieht."

„Aber du darfst ihm nicht sagen, dass wir über ihn geredet haben, versprichst du mir das?"

„Selbstverständlich. Ich werde schweigen wie ein Grab, das verspreche. Aber du solltest vielleicht doch öfter mal kommen, wenn wir spielen oder proben. Dann wäre es gar nicht notwendig, dass ich irgendjemandem irgendetwas sage."

Er zwinkerte ihr zu und lachte sein Sonnenscheinlachen. Und das gefiel ihr sogar noch besser, als das Lächeln des hübschen Sängers.

Diesmal bekam sie zwei positive Antworten auf ihre Bewerbungen, - einmal von einer großen Maschinenfabrik in Rastatt und dann von einer Baufirma in Karlsruhe. Von beiden Unternehmen wurde sie zu einem Vorstellungsgespräch eingeladen. Eigentlich hätte sie sich darüber freuen sollen, doch seltsamerweise fühlte sie sich unsicher, wenn sie daran dachte und hatte sogar ein bisschen Angst davor. Glücklicherweise hatte Jonas an beiden Tagen frei und konnte sie selbst hinfahren, das war ihr lieber, als wenn er ihr dafür jemanden anderen geschickt hätte.

In den Personal-Abteilungen kannte niemand ihre Mama, da zählte nur ihr Zeugnis, deshalb fühlte sie sich sicherer. Doch wie sie herausfand, schien es viele Bewerberinnen zu geben, die genauso gute Noten hatten, wie sie. Vielleicht sogar noch bessere. Und wieder hieß es: „Wir werden Ihnen so bald wie möglich Nachricht zukommen lassen."

Im Grunde war sie aber froh, dass es noch etwas Aufschub gab, bevor ein endgültiger Entschluss gefasst wurde. Der Gedanke, dass sie Mathilda eines Tages wieder verlassen mußte, machte sie traurig. Sie mochten sich und hatten sich aneinander gewöhnt. Jeden Tag gab sie sich die größte Mühe, alles so gut zu machen, wie es von ihr erwartet wurde, dafür bekam sie aber auch an fast jedem Tag zu spüren, wie zufrieden Mathilda mit ihr und ihrer Arbeit war. Das machte Kia glücklich, sie war wirklich gern bei ihr.

5.

Sie hatte gerade den Müll runtergebracht, als sich das Handy in ihrer Schürzentasche bemerkbar machte. Sie ließ es jetzt immer vibrieren, damit das Läuten keinen der Gäste störte. Nun erschrak sie ein bisschen, als sie auf das Display schaute und dort eine Nummer sah, die sie nicht kannte. Sie dachte, es sei vielleicht eine der Firmen, bei denen sie sich beworben hatte, die nun eine endgültige Entscheidung getroffen hatte. Entweder für sie oder gegen sie.

„Hallo Chiara!", sagte jemand, nachdem sie sich gemeldet hatte. Sie stutzte, denn keine der Firmen hätte sich auf diese Weise gemeldet. Aber Ihr fiel niemand ein, der sie Chiara genannt hätte, und auch die Stimme war ihr fremd.

„Ja?", fragte sie unsicher.

„Ich bin's, Chiara. Lars von den *Blueflames*."

Ihr Herz setzte einen Schlag lang aus, es fiel ihr schwer, gleich zu antworten.

„Chiara? Bist du noch da?"

„Ja, ich bin noch da."

„Ich hoffe, ich habe dich nicht erschreckt."

„Nein, nein, ich..." Im ersten Augenblick schwankte sie tatsächlich zwischen großem Schrecken und Verwunderung. Auf der einen Seite staunte sie, weil der hübsche Sänger sie angerufen hatte, auf der anderen Seite war ihr plötzlich ein furchtbarer Gedanke gekommen, der ihr Herz vor Angst wild klopfen ließ. „Es ist doch nichts mit Jonas?" fragte sie aufgeregt.

„Nein, was soll denn mit ihm sein?"

Sie versuchte, tief durchzuatmen. „Ich dachte nur…, weil er nicht selbst anruft."

„Ach, du denkst, dass es ihm nicht gut geht?"

„Ja, ich dachte, vielleicht…?"

„Nein, nein, Chiara." Er lachte. „Mit ihm ist alles in Ordnung. Ich rufe an, weil ich mir gedacht habe… Ich würde gern mit dir ausgehen. Hättest du Lust dazu?"

„Ausgehen?" Sie konnte sich noch gar nicht richtig konzentrieren, so tief war ihr der Schrecken in die Glieder gefahren.

„Ja. Vielleicht könnten wir ein Eis essen", meinte Lars. „Oder ins Kino zu gehen. Was würde dir denn Spaß machen?"

Sie war ein bisschen verlegen, weil sie nun dachte, Jonas hätte sein Wort nicht gehalten und dem Sänger verraten, dass ich ihn mochte.

„Ich habe nur wenig Zeit", redete sie sich heraus.

„Aber abends hast du doch frei, oder nicht?"

„Ja, schon…"

„Du wohnst im *Goldstück*, stimmt's? Und länger als bis um sechs musst du sicher nicht arbeiten, oder? Dann würde ich dich morgen Abend gegen halb sieben abholen. Wärst du damit einverstanden?"

„Ja, schon. Ja, ich…" Sie druckste ein bisschen herum.

Er hielt das für eine Zusage. „In Ordnung, Chiara. Ich freu mich drauf. Dann bis morgen Abend halb sieben."

Einen Augenblick lang stand sie da und starrte auf das Telefon in ihrer Hand. Dann wählte sie Jonas' Nummer.

„Jonas, du hast mich verraten", unterstellte sie ihm. Dass sie noch wenige Augenblicke zuvor Angst um ihn gehabt hatte, verriet sie ihm aber nicht.

„He, was sagst du da? Ich würde dich niemals verraten, das weißt du."

„Du hast Lars gesagt, dass er mir gefällt."

„Da musst du dich irren, ich habe ihm *nichts* gesagt."

„Er hat mich angerufen und mich eingeladen, mit ihm auszugehen."

Jonas lachte. „Wie schön, darüber solltest du dich eigentlich freuen."

„Hast du ihm vielleicht den Tipp gegeben? Hast du ihm gesagt, dass ich mich darüber freuen würde…?"

„Aber, Kia, was denkst du denn von mir! Er hat mich nach deiner Telefonnummer gefragt, das ist alles. Und ja, die habe ich ihm gegeben. Die hätte er schließlich von überall herbekommen können, wenn er sie unbedingt gewollt hat. Aber ich habe ihm kein Wort davon gesagt, wie sehr er dir gefällt."

„Wirklich nicht?"

„Nein, ganz bestimmt nicht, das schwöre ich. Aber er hat mir von *dir* vorgeschwärmt. Er findet dich ganz bezaubernd, hat er gesagt."

Das machte sie wieder verlegen, aber zum Glück konnte Jonas das nicht sehen. „Du meinst also, ich sollte seine Einladung annehmen?", fragte sie ihn.

„Aber sicher. Er ist ein netter Kerl."

„Nicht so einer wie Earl?"

„Bestimmt nicht." Dann seufzte er. „Übrigens, ich finde sowieso, dass es langsam Zeit wird, dass du mal mit ein paar jungen Leuten zusammenkommst und ausgehst. Du bist achtzehn! Du darfst nicht immer nur zu Hause sitzen, oder, wenn du schon mal rauskommst, nicht nur mit einem alten Kauz wie mir unterwegs sein."

„Du bist kein alter Kauz".

Er lachte. „Das ist lieb von dir, dass du das sagst. Aber eigentlich ist Lars mit seinen dreißig Jahren ja schon fast zu alt für dich. Vielleicht solltest du dich irgendeiner Jugendgruppe in Ahrlingen anschließen, gerade jetzt, wo auch ich mich nicht mehr so viel um dich kümmern kann. Rede doch mal mit Mathilda darüber, die kann dir sicher einen guten Tipp geben."

„Ja, vielleicht", sagte sie, obwohl sie von vornherein wußte, dass sie das nicht machen würde. Sie hatte keine Lust, sich einer Gruppe von Leuten anzuschließen, von denen sie niemanden kannte.

„Morgen Abend will mich Lars abholen", sagte sie.

„Dann wünsch ich dir ganz viel Spaß, Kleine. In deinem Alter solltest du jeden Tag Spaß haben. Sobald ich mal ein bisschen Luft habe, melde ich mich wieder bei dir, ok?"

Lars war pünktlich, kurz vor halb sieben hielt sein Auto vor der Pension. Kein metallicglänzender blauer Schlitten und auch kein alter verkratzter VW-Bus, sondern ein cremefarbener Mercedes mit roten Ledersitzen. Kia verstand nicht viel von Autos, aber der kam ihr doch sehr modern und auch sehr teuer vor.

Sie wollte nicht, dass er hupte, deshalb lief sie gleich auf die Straße hinaus, als sie ihn entdeckt hatte.

Lars stieg aus und öffnete ihr galant die Wagentüre.

Er sah sehr gut aus. Zu seinen schwarzen Jeans trug er ein weißes T-Shirt mit dem Logo der *Blueflames* auf der Brust, sein schwarzes glattes Haar hatte er im Nacken zusammengebunden, und ihr fiel auf, dass er diesmal einen kleinen silbernen Ohrstecker trug.

Auch sie hatte sich hübsch zurechtgemacht, schließlich wollte sie nicht, dass er sich später bei Jonas beschwerte, falls ihm irgendetwas an ihr nicht gefallen hätte.

Er lächelte nett, als sie einstieg und sich anschnallte. „Hast du irgendeinen besonderen Wunsch?", fragte er, „gibt es etwas, was du gern sehen oder wo du gern hinfahren möchtest?"

Erst hob sie die Schultern, doch dann fiel ihr ein, dass sie auf einem Plakat gesehen hatte, dass man in Sigmannsdorf, - das war zwei Ortschaften weiter, - das 25. Schützenfest feierte, und Jahrmärkte hatte sie ja schon immer gemocht.

Sigmannsdorf war wirklich ein Dorf, und ein sehr kleines dazu, wie sie ein bisschen enttäuscht feststellte, als sie dort ankamen. Sie war zwar schon einmal mit Mathilda dort gewesen, aber nur im Hofladen eines dort ansässigen Bauern, bei dem sie regelmäßig Gemüse und Eier kaufte und vieles von dem, was sie sonst noch zum Kochen brauchte.

Natürlich war auch der Jahrmarkt nicht sehr groß, aber immerhin gab es ein Kettenkarussell, ein kleines Riesenrad und ein altmodisches Kinderkarussell. Drum herum waren verschiedene Stände und Buden aufgebaut, in denen es Lose gab, wo man aber auch Backwaren, Süßigkeiten und etwas zu trinken kaufen konnte. Und neben der unverzichtbaren Schießbude stand ein großes Bierzelt, in dem das Sigmannsdorfer Blasorchester laut und dröhnend spielte, wie sich das auf einem Schützenfest gehörte.

Kia merkte gleich, dass sich Lars nicht besonders wohlfühlte, und am liebsten hätte sie ihren Vorschlag wieder rückgängig gemacht.

„Wenn es dir hier nicht gefällt... Es macht mir nichts aus, wenn du lieber woanders hinfahren möchtest. Es war nur so eine Idee...“

Doch er war zu stolz, um es zuzugeben. Stattdessen reckte er den Kopf ein wenig höher, schaute sich um und tat, als fände er alles wunderbar. „Nein, nein, wenn es dir Spaß macht und gefällt, sind wir hier genau richtig.“

Doch um ehrlich zu sein: Der Spaß war auch ihr inzwischen längst vergangen, nachdem sie die Blicke bemerkt hatte, mit denen die Sigmannsdorfer Burschen ihnen nachsahen. Kein Wunder, denn zwischen den stämmigen Kerlen in ihren zünftigen Lederhosen sah Lars aus wie... Kia versuchte, einen passenden Vergleich zu finden. ...Wie eine Gazelle in einer Rinderherde vielleicht...?

Am liebsten hätte sie gelacht, als ihr dieser Vergleich eingefallen war, aber sie gab sich Mühe, ernst zu bleiben.

„Wir sollten uns vielleicht doch lieber im Ort nach einer Eisdiele umsehen,“ schlug sie vor, „mir gefällt's hier nämlich auch nicht besonders. Ich hatte es mir ganz anders vorgestellt."

„Ja, vielleicht", antwortete er, und wahrscheinlich war er froh darüber, dass sie das gesagt hatte, obwohl er sich das nicht anmerken ließ. „Wir sollten dann aber gleich ein Stück weiter und direkt nach Karlsruhe fahren. Dort finden wir bestimmt, was wir…"

Den drei Lederhosen, die ihnen entgegenkamen, lachend und lärmend, die Bierseidel noch in der Hand, schien es gar nicht zu gefallen, dass sie ihnen im Weg waren. Sie rempelten Lars an, - und bevor er dazu kam, zu protestieren, hatte ihm einer von ihnen schon einen so heftigen Nasenstüber versetzt, dass er in die Knie ging.

Die anderen grölten vor Vergnügen, und einer von ihnen beugte sich zu Kia herüber und hauchte ihr mit seiner Alkoholfahne ins Gesicht: „Wenn'd mit mir kommst, hast mehr davon, als mit dem da!"

Erschrocken beugte sie sich zu Lars hinunter, als er versuchte, sich wieder aufzurichten. Er blutete aus der Nase, und ein paar Tropfen Blut waren schon auf sein weißes T-Shirt getropft. Rundum blieben die Leute stehen, aber auch sie lachten lauthals, und Kia wäre am liebsten im Erdboden versunken. Einmal, weil es ihre Schuld gewesen war, dass sie überhaupt in Sigmannsdorf gelandet waren, zum anderen, weil sie sich vorstellen konnte, wie sich Lars jetzt fühlen mußte: Der große hübsche Sänger der *Blueflames* lag mit blutender Nase im Schmutz, noch dazu vor dem Mädchen, das er zum Ausgehen eingeladen hatte und vor dem er eigentlich hatte imponieren wollen. Und dafür wurde er auch noch ausgelacht.

Als sie im Auto saßen, suchte sie in ihrer Tasche nach einem Päckchen Papiertaschentüchern, und er begann, sich vor dem Rückspiegel das Blut von Nase und Kinn wegzuwischen.

„Diese Dorfdeppen", murmelte er zwischen zusammengepressten Zähnen, „diese betrunkenen Idioten."

„Es tut mir so leid," war das einzige, was Kia sagen konnte, aber er lächelte schon wieder. „Du kannst ja nichts dafür."

Am liebsten hätte sie ihm gesagt, dass er sie nach Hause fahren sollte, aber sie fühlte sich doch ein bisschen schuldig an dem, was ihm passiert war und wollte ihn jetzt nicht alleinlassen. Das würde ihm den Abend doch vollends verderben.

Er fuhr in Richtung Karlsruhe, und obwohl sie unterwegs versuchte, über verschiedenes mit ihm zu reden, kam keine rechte Unterhaltung zustande.

Es sah so aus, als hätte er schon im Voraus einen Kinobesuch fest mit eingeplant gehabt, denn nun fuhr er ganz gezielt zur *Schauburg* in der Südstadt. Sie traute sich kaum, ihn zu fragen, welchen Film sie sich ansehen würden, - sie wollte sich überraschen lassen. Sie hoffte nur, dass es keiner mit Knallerei oder Mord und Totschlag war, denn sowas mochte sie überhaupt nicht.

Doch sie konnte aufatmen, es war eine Lovestory, für die er die Karten gekauft hatte.

Der Film fing dann auch richtig nett an. Es ging um einen jungen Mann, der sich in ein Mädchen aus der Nachbarschaft verliebt hatte und nun alles Mögliche anstellte, um ihre Aufmerksamkeit auf sich zu lenken.

Wer weiß, was Lars dabei durch den Kopf ging, denn nach einer Weile legte er seine Hand auf ihren Oberschenkel. Sie wollte ihn nicht dadurch verärgern, dass sie sie wegstieß, also griff sie nach ihr und verschränkte ihre Finger so ineinander, wie man das üblicherweise macht, wenn man sich an der Hand hält.

Doch das war wohl nicht das, was er gewollt hatte. Einen Augenblick lang hielt er still, dann löste er seine Hand aus seiner und ließ sie auf ihrem Oberschenkel weiter aufwärts wandern.

Kia wußte nicht, was sie tun sollte. Er war zehn Jahre älter als sie, und irgendwie verstand sie ja auch, dass es einem Mann von etwa dreißig Jahren nicht gefiel, wie ein Schuljunge händchenhaltend mit einem Mädchen im Kino zu sitzen. Andererseits..., was konnte Ihr schon passieren, wenn sie ihn gewähren ließ? Sie trug Jeans, und durch den dicken Stoff war seine Hand eh' nicht besonders deutlich zu spüren. Also bewegte sie sich nicht und wartete ab.

Als seine Hand das Ende des Hosenbeines erreicht hatte, blieb sie eine Weile unterhalb des Reißverschlusses liegen. Schade um den Film, der so nett angefangen hatte, dachte sie, aber auf ihn konnte sie sich nun beim besten Willen nicht mehr konzentrieren. Vielleicht hätte sie es sogar akzeptiert, wäre seine Hand dort ruhig liegengeblieben, denn irgendwie fühlte sie sich immer noch in seiner Schuld, weil sie glaubte, ihm den Abend verdorben zu haben. Doch seine Hand bewegte sich dann mit leichtem Druck auf und ab, und gerade, als sie sie von ihrem Platz vertreiben wollte, kroch sie noch weiter hinauf und nestelte an ihrem Reißverschluss.

Sie richtete sich auf, nahm seine Hand und legte sie auf seinen eigenen Schenkel. „Lars, ich mag das nicht", sagte sie.

Er grinste, obwohl er verärgert zu sein schien. „Dann bist du das einzige Mädchen, dem das nicht gefällt."

„Mag schon sein, aber ich muß ja nicht unbedingt so sein, wie andere."

„Vielleicht solltest du dich nicht so anstellen."

„Anstellen?" Jetzt ärgerte *sie s*ich, und sie raunte ihm zu: „Vielleicht solltest du dich so benehmen, wie man sich benimmt, wenn man jemanden zum Ausgehen eingeladen hat."

Daraufhin richtete auch er sich weiter auf, und es war nicht nur ein Raunen, als er ihr antwortete. „Das muß ich mir von dir nicht sagen lassen!"

Auch die Leute in der Reihe hinter ihnen wurden nun

ärgerlich. „Könnt ihr nicht endlich mal Ruhe geben?"

Kia achtete nicht darauf, sondern gab Lars kontra: „Es kann doch nicht so schwer für dich sein, deine Hand dort zu lassen, wo sie hingehört, oder?"

„War sie denn nicht dort, wo sie hingehört?"

„Nein, das war sie nicht."

„Dann setz dich doch woanders hin, wenn's dir nicht gefällt."

„Ich? Geh doch du!" Eigentlich hatte sie gemeint, dass er sich ja woanders hinsetzen könnte, aber er schien es so aufgefasst zu haben, als schickte sie ihn ganz weg, denn er stand auf und sagte: „Gut, dann gehe ich eben. Vielleicht findest du ja jemanden, der dich nach Hause fährt."

Er machte aber keine Anstalten, wirklich zu gehen, und sie war überzeugt, dass er es nicht ernst gemeint hatte, deshalb reizte es sie, ihn zu provozieren. Sie sagte: „Von mir aus kannst du gehen. Ich komme schon irgendwie nach Hause."

„Verdammt noch mal", murrten die Leute hinter ihnen, „jetzt haltet doch endlich mal die Klappe." Sie rutschten ein paar Plätze weiter.

Lars lachte hämisch. „Bestimmt findet sich jemand, der sich um dich kümmert. Nur solltest du dich bei ihm dann nicht genauso anstellen, wie bei mir."

Kia waren vor Enttäuschung die Tränen gekommen. Mein Gott, waren denn alle Männer gleich?, dachte sie. Oder fast alle? Vor allem die Musiker? War Lars im Grunde auch nicht anders, als Earl, versteckte er es einfach nur hinter einem netteren Lächeln?

Er stand noch immer unschlüssig in der Reihe und konnte sich nicht entscheiden, ob er gehen sollte oder nicht. Aber sie war wütend. „Du kannst ruhig gehen, ich komme schon klar!", rief sie ihm zu. - Und dann ging er wirklich.

Einen Moment lang schloss sie die Augen, keinesfalls wollte sie ihm nachgehen. An dem Film hatte sie allerdings auch kein Interesse mehr. Vor Tränen konnte sie eh' kaum mehr etwas sehen.

Nach etwa einer Viertelstunde zwängte sie sich aus der Reihe, ging zum Ausgang und suchte nach den Toiletten. Sie zog ihr Handy aus der Tasche und starrte auf Jonas' Nummer. Sollte sie ihn anrufen?

Irgendwie schämte sie sich aber jetzt, sie wußte selbst nicht, warum. War sie denn wirklich zu zimperlich? Es konnte doch aber nicht normal sein, dass ein Mann in aller Öffentlichkeit so deutlich zeigte, woran er dachte und was er wollte. Oder etwa doch?

Sie überlegte. Eigentlich hatte sie doch gar nicht genau gewußt, was er vorgehabt hatte. Er hätte den Reißverschluss geöffnet und vielleicht seine Hand reingesteckt. Na und? Das war schließlich keine Vergewaltigung.

Trotzdem schüttelte es sie, wenn sie daran dachte. Nein, sie wollte das nicht. Nicht so, nicht auf diese Weise.

Sollte sie Jonas nun anrufen oder nicht? Sie wußte ja nicht mal, ob er zu Hause war und Zeit hatte. Aber irgendwie mußte sie ja doch nach Hause kommen.

Würde er Lars in Schutz nehmen, wenn sie ihm von dem Vorfall erzählte? Sollte sie es ihm überhaupt erzählen? Sie könnte ihn ja anrufen und ihn anschwindeln. Ihn bitten, sie zu holen, weil Lars… zum Beispiel unverhofft zu einem wichtigen Treffpunkt hatte fahren müssen. Er hätte das bestimmt nicht abgestritten.

Kia schluckte, gab sich einen Ruck und wählte Jonas' Nummer. Sie wollte ganz ruhig und sachlich mit ihm reden. Doch als sie seine Stimme hörte, sein: „He, Kleine, wie geht's dir? Was ist los?", da brach alles zusammen, was sie sich vorgenommen hatte. Sie heulte los und brachte kaum mehr einen Ton heraus. Und durch den Widerhall in dem gekachelten Raum, in dem sie stand, klang alles noch viel lauter, als es überhaupt war.

„Jonas, ich…"

„Um Gottes Willen, Kleine, was ist passiert?"

„Ich…, Jonas, ich…"

„Bist du verletzt, Kia? Wie geht's dir? Sag mir, wo du bist. Ich hole dich, aber du musst mir sagen, wo du bist."

„Im Kino. In der *Schauburg* in Karlsruhe."

„In Ordnung, das ist nicht weit. Ich bin gleich bei dir."

Sie weinte immer noch, aber jetzt vor allem, weil sie Jonas einen solchen Schrecken eingejagt hatte, dass er ernsthaft glaubte, ihr sei etwas Schlimmes passiert. Würde er ärgerlich werden, wenn er herausfand, dass sie eigentlich gesund und munter war? Oder würde er sie auslachen, weil er nicht verstehen konnte, dass sie sich wegen einer solchen ‚Kleinigkeit' über Lars aufgeregt hatte?

Sie blieb noch eine Weile im Vorraum der Toiletten und ließ kaltes Wasser über ihr Gesicht und ihre Handgelenke laufen, dann lief sie langsam durch das Foyer und auf die Straße hinaus.

Sie atmete auf, als sie den grünen VW-Bus kommen sah, wartete gar nicht erst ab, bis Jonas ausstieg, sondern stürzte sich gleich in den Wagen hinein und heulte wieder. Jonas wollte mit mir reden, wollte wissen, was los war, ob sie verletzt war oder ihr etwas wehtat, aber sie rief nur: „Fahr los! Ich will weg von hier."

Als er um die nächste Ecke bog, stutzte er einen Moment lang. „War das dahinten nicht der Wagen von Lars?" fragte er. Und ja, sie hatte ihn auch gesehen. War Lars gar nicht weggefahren? Hätte er auf sie gewartet, bis der Film zu Ende gewesen wäre? Oder wäre er zurückgekommen ins Kino, hätte sich neben sie gesetzt und so getan, als ob nichts gewesen wäre?

„Wo ist Lars überhaupt? Ihr seid doch zusammen ausge-gangen, oder nicht? - Oder ist *ihm* was passiert?"

Weil sie ihm keine Antwort gab, aber auch nicht aufhörte zu weinen, sagte er: „Jetzt fahren wir erst mal irgendwohin, wo wir ungestört und in aller Ruhe miteinander reden können, einverstanden?"

Da sie eh' noch in Karlsruhe waren, fuhr er zum Schloss, stellte das Auto in der Nähe auf dem Parkplatz ab, und sie setzten sich auf eine der Bänke am Weg, der zum Portal führte.

Er gab ihr ein Taschentuch, damit sie ihre Tränen trocknen konnte, dann sagte er: „So, Kleine, jetzt erzähl mal, was los war. Aber von Anfang an."

Eine Stunde später saßen sie immer noch da. Stockend hatte sie ihm von diesem unschönen Tag berichtet, angefangen von Sigmannsdorf bis zur *Schauburg*. Schweigend hatte er ihr zugehört und sie mit keiner Silbe unterbrochen. Inzwischen war es etwas kühler geworden, weil die Sonne dabei war, unterzugehen. Er hatte seine Jeansjacke ausgezogen und ihr über die Schultern gehängt.

Dann begann er: „Kia, gleich mal als erstes: Dich trifft keine Schuld."

„Aber ich…"

Er hob die Hand. „Weder daran, was ihm auf dem Schützenfest passiert ist, noch danach…"

„Ich hab ihm doch aber den Vorschlag gemacht, nach Sigmannsdorf zu fahren. Von sich aus wäre er niemals auf die Idee gekommen."

„Aber du konntest nicht wissen, dass die Dorfbewohner so auf ihn reagieren würden. Also, *diese* Sache haken wir am besten gleich mal ab." Er hatte seinen Arm um ihre Schultern gelegt, weil sie trotz seiner Jacke anfing zu frieren. „Und wegen der Sache im Kino…"

Auf wessen Seite würde er stehen? Für wen würde er mehr Verständnis aufbringen, für sie oder für Lars? Schließlich war er selbst auch ein Mann.

„Kia, du bist ein ganz besonderes Mädchen", sagte er, hob aber gleich die Hand, weil er merkte, dass sie etwas dazu sagen wollte. „Halt, das sage ich nicht nur, weil wir Freunde sind. Du bist deshalb besonders, weil du ganz anders bist als andere Mädchen in deinem Alter."

Er schwieg eine Weile, und sie überlegte, ob er das als Kompliment gemeint hatte oder eher nicht. Aber sie dachte, das Beste wäre wohl, wenn sie ihn erst einmal reden ließe.

„Ich weiß nicht recht, wie ich mich ausdrücken soll. Es ist schwierig für mich, dir zu erklären, wie ich über die Sache denke, denn ich bin kein Pädagoge und auch kein Psychologe", fuhr er fort, „aber ich will es versuchen."

Wieder schwieg er für einen kurzen Moment.

„Kia, *du* weißt, was es bedeutet, ein Leben zu führen, wie deine Mama, ein Leben, in dem Männer eine sehr große Rolle spielen. Und weil du das weißt, hast du dich *dagegen* entschieden. Dein Leben soll einmal ganz anders verlaufen.

Aber…, andere Mädchen im Teenageralter haben diese Erfahrungen oft noch *nicht* gemacht. Sie sind neugierig auf alles, was ihnen das Leben bringen wird, und deshalb sind sie auch neugierig auf die Begegnung mit einem Mann. Viele von ihnen warten vielleicht sogar ganz ungeduldig auf eine erste Berührung, auf den ersten Kuss. Ich kann mir vorstellen…, ich vermute, dass sich ein junges Mädchen erst dann erwachsen und als Frau fühlt, wenn sie das einmal erlebt hat."

Wieder eine kurze Pause. Kia schwieg und dachte darüber nach, was er gesagt hatte.

„Wenn ein Junge auf dem Weg ist, ein Mann zu werden, geht es ihm vielleicht ähnlich, auch er wartet auf die Gelegenheit, das erste Mal ein Mädchen zu küssen und zu berühren. Aber später dann, wenn man seine Erfahrungen gemacht hat, glaubt man als Mann, bereits alles über Mädchen und Frauen zu wissen, und oft vergisst man dabei, dass sie anders sind, als wir Männer. Und dass sie auch untereinander nicht alle gleich sind."

Er seufzte. „Ich will Lars nicht in Schutz nehmen, Kia. Er ist kein unschuldiger junger Mann mehr, er hätte wissen müssen, dass es bei einem Roundez-Vous mit einer jungen Frau nicht allein darauf ankommt, was *er* will. Und vor allem hätte er es akzeptieren müssen, dass du mit dem, was er vorgehabt hat, nicht einverstanden warst. Und ich werde auch mit ihm darüber reden. Vielleicht kann ich dir aber erklären, was möglicherweise in seinem Kopf vorgegangen sein könnte.

Zunächst ist er wahrscheinlich wirklich davon ausgegangen, dass du genauso denkst und fühlst, wie auch die meisten der Mädchen und Frauen, die er bisher kennengelernt hat. Das heißt, er dachte, dass auch du dich gemocht und erwachsen fühlst, wenn er sich für dich interessiert und das Verlangen hat, dich zu berühren. Als du ihn abgewehrt hast fühlte er sich wahrscheinlich gekränkt. Er ist ein gutaussehender Mann, und ich denke, dass er es einfach nicht gewohnt ist, von einer Frau abgewiesen zu werden. Dazu kam noch, dass er kurz zuvor, vor den Augen des Mädchens, das er eigentlich beeindrucken wollte, verhöhnt und verspottet und geschlagen worden ist. Du warst diejenige, die seine Niederlage auf dem Jahrmarkt miterlebt hat, nun wollte er diese Niederlage wieder wettmachen, indem er dir gegenüber Überlegenheit zeigte."

Sein Arm drückte ganz leicht ihre Schultern. „Ich will ihn nicht entschuldigen, wirklich nicht. Einer Frau etwas aufzudrängen, was sie nicht will, ist im Grunde das Schlimmste, was ein Mann ihr antun kann. Aber ich glaube, eigentlich wollte er dir gar nicht wirklich etwas Böses, er dachte nur, das sei in der gegebenen Situation für euch beide in Ordnung. Vielleicht kannst du dich ja sogar ein kleines bisschen in ihn hineinversetzen?"

Sie senkte den Kopf und überlegte, was sie ihm darauf antworten sollte.

„Kia, du bist ein großartiges Mädchen", redete er weiter, „gerade, *weil* du das Leben deiner Mama mitbekommen hast und dich davon distanzierst. Weil du dir trotz allem, -

116

ich weiß nicht, wie ich es anders ausdrücken soll, - eine so reine empfindsame Seele bewahrt hast. Lars wird es vielleicht nicht verstehen, weil er viel zu wenig von dir und über dich weiß. Aber eines Tages wirst du einen Mann finden, der es zu schätzen weiß, und der dich umso mehr dafür lieben wird."

In der folgenden Zeit war sie oft bei den *Blueflames* dabei, wenn sich die Band in oder um Ahrlingen herum aufhielt. Bei Auftritten, für die sie weiter wegfahren mussten, konnte sie natürlich nicht dabei sein, weil sie ja ihre Arbeit bei Mathilda hatte und sie sie nicht einfach im Stich lassen konnte.

Da die Musiker sie inzwischen schon kannten, hatte niemand etwas dagegen, wenn auch sie sich vor oder nach einem Konzert in der Garderobe aufhielt. Meistens war sie nicht die einzige dort, denn auch Marina, die Freundin des Bassgitarristen und Birgit, die Frau des Schlagzeugers begleiteten ihre Männer häufig, und inzwischen hatten sie sich sogar ein bisschen mit Corinna, der Backgroundsängerin angefreundet. Außerdem waren ja auch noch die Roadies da, die guten Geister der Band, und oft wäre das eine oder andere sicher schiefgegangen, wenn sie nicht rechtzeitig zur Stelle gewesen wären.

Zwei von ihnen hatte Kia besonders gern, das waren Wilson und Mirac. Wilson war Engländer, er stammte aus Liverpool. Auch die Musiker mochten ihn und hatten sich daran gewöhnt, ihn in seiner blauen Latzhose und dem rotkarierten Hemd in den Kulissen herumturnen zu sehen. Nicht nur, dass er immer lustig und zu Späßen aufgelegt war, er brachte sie auch mit seinem drolligen Akzent immer wieder zum Lachen.

Mirac war das ganze Gegenteil, er war erst seit kurzem bei dem Trupp. Er war nicht viel älter als Kia, ein stiller Junge, der die Arbeit nur angenommen hatte, um die Zeit bis zum Beginn seines Studiums zu überbrücken. Zu ihm hatte sie von Anfang an einen guten Draht, und manchmal zog Jonas sie schon ein bisschen mit ihm auf, weil er beobachtet hatte, wie Mirac sie immer wieder mit seinem sanften Blick verfolgte.

Wilson war anders. „Oh, hallo! My Freundin Kia is auch wieder da", begrüßte er sie. „Wie geht's? Willst du heut gute alte Jonas zuhören und zusehen, oder lieber schöne Singer Lars?" Er war nicht der einzige, dem aufgefallen war, dass sie sich ein bisschen für Lars interessiert hatte, aber natürlich konnte er nicht wissen, dass inzwischen einiges anders geworden war.

„Ich möchte Jonas zusehen."

„Ok, ok. Wird schöne Singer Lars aber traurig sein, wenn er nich sieht dein Smiling hinter den Kulissen."

Wie aus heiterem Himmel stand Lars plötzlich neben ihnen. „Ist da nicht eben von mir die Rede gewesen?", fragte er. „Ich meine, ich hätte meinen Namen gehört."

Wilson deutete eine leichte Verbeugung an. „Ich gehe und suche Platz für my Freundin Kia", murmelte er und zog sich zurück.

Lars lachte ihm hinterher, dann schaute er sich nach Kia um. „Hi, Chiara", sagte er.

Seit ihrem missglückten Abend waren sie sich ein bisschen aus dem Weg gegangen. Sie wußte, dass Jonas mit ihm geredet hatte, nun war es das erste Mal, dass sie sich wieder gegenüberstanden.

„Ich hoffe, du bist mir nicht mehr böse."

Sie schwieg. Bestimmt erwartete er nicht von ihr, dass sie jetzt sagte, alles sei gar nicht so schlimm gewesen. Inzwischen schien ihm selbst klar zu sein, dass er sich nicht ganz korrekt verhalten hatte. „Ich glaube, ich muß mich bei dir entschuldigen", begann er, „der Ausflug nach Sigmannsdorf hatte mich doch ziemlich frustriert, deshalb dachte ich, wir könnten wenigstens im Kino ein bisschen Spaß haben."

„*Du* wolltest Spaß haben."

Er grinste schief. „Ich habe nicht damit gerechnet, dass es dir keinen Spaß machen würde."

„Hätte ich dir das noch deutlicher zeigen sollen?"

Er fuhr sich mit der Hand über die Stirn. „Du hast ja recht, irgendwie *wollte* ich es wohl nicht merken. Es tut mir leid. Übrigens, - ich bin danach nicht weggefahren. Ich hätte dich doch niemals allein in der *Schauburg* zurückgelassen."

„Ich weiß, ich habe dein Auto gesehen."

„Als du rauskamst, wollte ich mit dir reden, aber dann war Jonas schon da."

„Ich habe ihn angerufen."

„Jedenfalls hat mir das alles im Nachhinein sehr leidgetan. Kann ich das jemals wiedergutmachen?"

„Vielleicht indem du das nächste Mal *vorher* darüber nachdenkst, wenn du mit einem Mädchen ins Kino gehst."

Er grinste. „Ich werde mir Mühe geben."

„Dann scheint dieser Tag ja doch noch etwas Gutes gebracht zu haben."

Eine Weile standen sie sich dann schweigend gegenüber, keiner von beiden wußte, was er sagen sollte.

Kia schaute ihn aus den Augenwinkeln an. Er sah wirklich hübsch aus, dachte sie bei sich. Das schwarze lange Haar, die ausdrucksvollen dunklen Augen. Und doch..., da war jetzt auf einmal gar nichts mehr, was ihr Herz hätte höherschlagen lassen...

Wilson kam und machte ihm ein Zeichen. „Mr. Lars, sind Sie bereit?"

Er nickte. „Ich komme." Dann wandte er sich noch einmal an Kia und streckte ihr die Hand entgegen. „Sind wir wieder Freunde, Chiara?"

„Freunde wohl nicht", sagte sie, schlug aber ein. „Aber von mir aus müssen wir auch keine Feinde sein."

Er schaute sie mit einem bezaubernden Lächeln an, und sie dachte: ‚Gib dir keine Mühe, damit erreichst du gar nichts mehr.'

Nachdem er gegangen war, wollte sie sich den Platz hinter den Kulissen ansehen, den Wilson für sie ausgesucht hatte, als man plötzlich ein lautes Gepolter hörte und fast zeitgleich einen gellenden Schrei.

Kia war erschrocken und ging ein paar Schritte auf die Stelle zu, aus der der Schrei gekommen war. Hinter den Kulissen war plötzlich ein Durcheinander entstanden, Stimmen wurden laut, Leute liefen aufgeregt hin und her... Kia hatte keine Ahnung, was passiert war, sie versuchte aber, einen der Roadies aufzuhalten und fragte ihn: „Was ist denn los?"

„Der Mirac", stammelte er und ließ sie stehen.

„Der Mirac? Was ist mit Mirac?"

Der Bassgitarrist kam aus der Garderobe gerannt, Jonas folgte ihm. Kia lief ihnen nach. „Jonas, weißt du, was los ist?"

„Nein, ich weiß auch noch nichts."

Aber dann sahen sie Mirac mit schmerzverzerrtem Gesicht zwischen Brettern und einer Ansammlung von geborstenem und zersplittertem Holz am Boden liegen.

„Hat schon jemand den Notarzt gerufen?" fragte der Bassgitarrist in die Runde.

„Ja, ja, der Sanka müsste schon unterwegs sein", war die Antwort.

„Wie ist denn das passiert?" wollte ein anderer wissen, aber vorerst gab es darauf noch keine Antwort.

Mirac war weiß, wie eine Wand. An seinem Oberschenkel breitete sich ein großer roter Fleck aus, und auch von seiner Stirn tropfte Blut. Doch da niemand wissen konnte, ob das die einzigen Verletzungen waren, die er abbekommen hatte, ließ man ihn sicherheitshalber so liegen, ohne ihn zu bewegen.

Kia hockte sich neben ihn. „Mirac!"

Als er ihre Stimme erkannte, blinzelte er und versuchte, zu lächeln. „Kia." Man konnte mehr an der Bewegung seiner

Lippen erkennen, was er gesagt hatte, als dass man es hätte verstehen können. Sie nahm seine Hand. „Hast du Schmerzen?", fragte sie, obwohl sie sich dumm vorkam, weil sie das gefragt hatte. Natürlich hatte er Schmerzen. „Der Arzt wird gleich hier sein. Er wird dir helfen", versuchte sie, ihn zu trösten, „und dann wird alles gut, Mirac."

Die Art wie er sie ansah, tat ihr in ihrem Innersten weh. Sie wußte nicht, ob sie es sich nur einbildete, aber es schien, als wollte er ihr sagen, dass sie nicht weggehen sollte. Als jedoch der Sanka kam, ging alles sehr schnell, und der Arzt schob sie einfach zur Seite.

„Kann ich nicht mitfahren?", fragte sie ihn, aber er schüttelte den Kopf. „Das geht nicht. Oder sind Sie mit ihm verwandt?"

„Nein."

„Also dann..." Er schüttelte noch einmal er den Kopf.

Man hob Mirac auf eine Trage und brachte ihn hinaus zum Rettungswagen. Und ganz bedrückt schaute Kia ihm nach, als er mit aufheulendem Martinshorn davonfuhr.

Später erfuhren sie von einem Roadie, der das Unglück beobachtet hatte, wie es passiert war: Mirac hatte etwas ganz oben an einer Kulisse in Ordnung bringen wollen, fand aber keine Leiter in der Nähe und war auf ein paar Holzkisten gestiegen. Die oberste war dann unter ihm zusammengebrochen. Er war hinuntergestürzt und unglücklich zwischen zerbrochenen Holzteilen unten aufgekommen.

Das Konzert begann schließlich mit einer halben Stunde Verspätung, und es war fast Mitternacht, als sich die Musiker danach wieder in der Garderobe einfanden. Aber immer noch wurde über Miracs Unfall diskutiert. Inzwischen hatte sich Pascal erkundigt und erfahren, dass eine zerborstene Holzlatte Miracs Oberschenkel aufgeschlitzt hatte.

„Kannst du mich morgen ins Krankenhaus fahren?" fragte Kia Jonas auf dem Nachhauseweg, „ich muß unbedingt wissen, wie es Mirac geht."

Er sah sie prüfend von der Seite an „Ich habe gar nicht gewusst, dass er dir so wichtig ist."

Sie hob die Schultern. „Ich mag ihn einfach." Sie war immer noch traurig. „Er tat mir so leid, als ich ihn so daliegen sah. Und du hättest sehen sollen, wie er mich angesehen hat."

Jonas lächelte. „Ich weiß, wie er dich manchmal ansieht, das ist mir längst aufgefallen."

„Ja, aber heute war das was anderes. Er war verletzt, hatte Schmerzen, und ich hatte das Gefühl, als wollte er, dass ich bei ihm bliebe, als sie ihn ins Krankenhaus gebracht haben."

„Die Krankentransporter dürfen keine Fremden mitnehmen."

„Ja, ich weiß."

„Möglicherweise werden sie dich nicht einmal im Krankenhaus zu ihm lassen."

„Glaubst du?"

„Es kommt immer auf die Art der Verletzungen an, manchmal lassen sie nur Familienmitglieder zum Patienten. Also werden sie zunächst einmal seine Eltern benachrichtigen."

„Das ist gut, da wird er sich freuen."

Jonas hob die Schultern und machte ein bedenkliches Gesicht. „Da bin ich mir gar nicht so sicher."

„Wie meinst du das?"

Er antwortete nicht auf ihre Frage, stellte ihr dafür eine andere. „Wusstest du, dass Mirac Türke ist?"

„Nein." Sie hatte das nicht gewußt, aber es störte sie auch nicht. Was aber hatte das mit dem Besuch seiner Eltern zu tun?

„Vor einiger Zeit hat er einmal mit mir über seine Familie gesprochen", sagte Jonas, „er ist ziemlich zerstritten mit seinen Eltern, weil ihnen sein Leben und seine Einstellung bezüglich seines Glaubens nicht gefällt. Sie sind sehr strenge Moslems."

„Oh." Es tat ihr leid, wenn seine Familie sich von ihm abgewandt haben sollte, wenn er nun ganz allein und ohne sie zurechtkommen mußte. Niemand konnte ihm das besser nachfühlen, als sie. Es war nicht einfach, von seiner Familie getrennt zu sein, - selbst, wenn sie einem nicht gutgetan hatte. Aber sie hatte wenigstens Jonas.

„Er wird bald anfangen zu studieren, also muß er doch auch sehr gute Zeugnisse gehabt haben", sagte sie. „Sind sie denn gar nicht stolz auf ihn?"

„Als Moslems müssen sie ja nicht unbedingt gegen sein Studium gewesen sein, aber wer weiß, welche Pläne sie sonst mit ihm gehabt haben. Vielleicht ist es etwas ganz anderes, was sie an ihm stört."

„Ja, vielleicht."

Am nächsten Vormittag rief Kia im Krankenhaus an, um sich nach Mirac zu erkundigen. Sie versuchte, so zu klingen, als sei sie jemand vom Management der Band *Blueflames*, und das schien man ihr sogar abzunehmen. Es ginge ihm den Umständen entsprechend gut, sagte man ihr, seine Eltern seien gerade bei ihm. Wenn ihn jemand der Band besuchen möchte, sollte man aber möglichst noch einen Tag warten.

Also warteten sie noch einen Tag.

Ein beklemmendes Gefühl überkam sie, als sie das Krankenhaus betraten, der eigenartige Geruch nahm ihr fast den Atem. Vielleicht lag es daran, dass sie nie zuvor in einem Krankenhaus gewesen war. Die langen weißen Gänge und die Ärzte und Schwestern in ihren weißen Kitteln kannte sie nur aus dem Fernsehen. Auch ihr Opa war in einem Krankenhaus gewesen, bevor er starb, aber ihre Mama hatte nie gewollt, dass sie und ihre Geschwister mit ihr gingen, wenn sie ihn besucht hatte. Er sei zu schlimm krank, hatte sie ihnen gesagt, das sei nichts für Kinder.

Jonas hatte herausgefunden, dass Mirac auf einer Station im ersten Stock lag. Kia hatte ein bisschen Angst vor der Begegnung mit ihm, es hätte sie bedrückt, ihn wieder so hilflos daliegen zu sehen, ohne ihm helfen zu können. Doch dann war alles nur halb so schlimm, denn er saß in seinem Bett, schaute ihnen neugierig entgegen, und Kia fiel ein Stein vom Herzen. Sein Bein war dick verpackt, schließlich war er operiert worden, auch an seiner Stirn klebte ein Pflaster, aber es sah nicht so aus, als ob es ihm wirklich schlecht ginge.

Jonas klopfte ihm auf die Schulter, auch er schien erleichtert zu sein, dass er schon wieder einigermaßen fit war. „Hallo Mirac, wie geht's dir? Was musstest du aber auch den Klettermaxe spielen!", meinte er lachend.

Zuerst blieb Kia ein wenig hinter Jonas zurück, doch dann wagte sie sich einen Schritt vor und streckte Mirac die Hand hin. Er wurde ein bisschen verlegen, aber sie sah an seinen Augen, dass er sich freute, dass sie gekommen war.

„Hi, Kia", sagte er ganz leise und lächelte.

„Sie haben niemanden mitfahren lassen im Sanka," sagte sie zu ihm, - sie wollte, dass er wußte, dass sie ihn nicht alleine gelassen hätte, wenn man es ihr erlaubt hätte. „Und am nächsten Tag durfte man dich auch noch nicht besuchen."

„Ja, am Anfang ging es mir nicht besonders gut," meinte er.

„Wie geht's denn jetzt mit deinem Bein weiter?", fragte Jonas. „Da wirst du die erste Zeit wahrscheinlich noch Krücken brauchen, oder nicht?"

Mirac nickte. „Ja, es wird schon noch eine Weile dauern, bis ich wieder richtig laufen kann. Hoffentlich ist alles in Ordnung, bis ich zur Uni muß."

Als er die Uni erwähnte, fiel Kia ein, was Jonas ihr über seine Eltern erzählt hatte. Darüber, dass sie strenge

Moslems waren, und dass sie seit einiger Zeit im Streit mit ihm lebten. Was immer er auch gesagt oder getan haben mochte, was ihnen nicht gefallen hatte, sicher hatten sie ihm inzwischen verziehen, als sie ihn so hilflos und verletzt im Krankenhausbett vor sich hatten liegen sehen.

„Ich habe gehört, dass dich deine Eltern besucht haben. Das war nett von ihnen, dass sie extra aus dem Schwarzwald hergekommen sind."

„Sie dachten wahrscheinlich, es ginge um Leben und Tod, sonst wären sie bestimmt nicht gekommen."

„Denkst du das wirklich?" fragte sie bestürzt.

Er nickte und war ganz ernst dabei. „Im Grunde wäre ihnen ein toter Sohn lieber, als einer, der sich nicht an die Regeln hält."

Sie war erschrocken, als er das sagte. Wenn sie das wirklich dachten, - egal aus welchem Grund, - dann war das unverzeihlich von ihnen, fand sie. Sie stellte sich vor, ihre Mama hätte etwas ähnliches über sie gesagt: ‚Lieber eine tote Tochter, als eine, die kein Interesse daran hat, den Männern zu gefallen.' - Oh mein Gott, das hätte sie doch niemals gesagt. - Oder?

„Was meinen denn die Ärzte, wann du das Krankenhaus wieder verlassen kannst?", fragte Jonas, und Mirac wiegte den Kopf hin und her und antwortete: „Über das nächste Wochenende muß ich sicher noch hierbleiben, danach wird man sehen."

„Schade, dann kannst du jetzt wahrscheinlich gar nicht mehr für die *Blueflames* arbeiten," sagte Kia, und sie war sicher, dass sie ihn vermissen würde, weil er und Wilson die einzigen Roadies waren, die sie wirklich gern hatte.

„Ja, das wird mir auch sehr fehlen", sagte er, und dabei sah er sie so an, dass nun *sie* es war, die ein bisschen in Verlegenheit geriet. Vor allem auch deshalb, weil sie gesehen hatte, dass auch Jonas Miracs Blick bemerkt hatte und lächelte.

Kia hätte Mirac gern noch ein- oder zweimal im Krankenhaus besucht, aber sie mochte Jonas nicht danach fragen, weil sie wußte, dass er nur wenig Zeit hatte. Und sie dachte, wenn Mirac erst wieder fit war, würde er sich bestimmt bei den *Blueflames* melden, und dann würde Jonas sie ganz sicher anrufen.

6.

Und so war es dann auch. Eines Tages rief Jonas Kia an und sagte gutgelaunt: „He, Kleine, rat mal, wer hier neben mir steht? - Der Mirac ist wieder fit, und er ist ganz enttäuscht, weil du heute nicht hier bist."

Sie freute sich riesig. In der letzten Zeit hatte sie viel an Mirac denken müssen, hatte über ihn und seine Eltern nachgedacht. Und irgendwie bedrückte es sie, was er über sie gesagt hatte. Sie wunderte sich, warum Eltern in Bezug auf ihre Kinder manchmal so seltsam waren, und sie dachte, wenn sie mal Kinder hätte, würde sie bestimmt nicht von ihnen verlangen, dass sie immer alles ganz genauso machen, wie sie es haben will. - Aber nein, eigentlich wollte sie ja überhaupt keine Kinder, denn wenn sie erst einmal da waren, dann war es sicher schwierig, sein eigenes Leben so einzurichten, dass es auch ihnen wirklich gut ging.

„Hast du keine Lust, herzukommen?" hörte sie Jonas fragen.

„Wo seid ihr denn? Seid ihr weit weg?"

Er lachte. „Nein, wie sind hier, in Ahrlingen."

„Hier in Ahrlingen? Warum hast du mir das nicht schon früher gesagt?" Sie war ein bisschen enttäuscht, weil er sich erst jetzt gemeldet hatte. Sonst hatte er immer gleich bei ihr angerufen, wenn sie nach einer Reihe von Auftritten zurück in ihre Proberäume in Ahrlingen gekommen waren.

„Tut mir leid, Kleine, wir sind erst seit gestern Abend spät wieder zurück. Es geht ziemlich hektisch zu bei uns, weil Pascal einiges ändern und auf den Kopf stellen will, und wir noch nicht alle damit einverstanden sind. Kannst du mir noch mal verzeihen?"

Sie mußte lachen. „Sicher, aber nur weil du's bist."

„Da bin ich aber froh." Auch er lachte wieder. „Kannst du schon weg, oder hat Mathilda heute noch was Wichtiges für dich zu tun?"

Sie sah auf die Uhr. „Um diese Zeit hat sie bestimmt nichts dagegen, wenn ich Feierabend mache. Ich werde sie gleich fragen. Holst du mich ab?"

„Aber ja doch, in ein paar Minuten bin ich bei dir."

Kia sprach kurz mit Mathilda, aber wenn es darum ging, dass Jonas etwas mit ihr unternehmen wollte, dann hatte sie grundsätzlich nichts dagegen. Also zog sie sich schnell etwas Hübsches an, denn diesmal freute sie sich nicht nur auf Jonas, sondern auch auf Mirac. Und als sie aus der Haustüre kam, fuhr der grasgrüne VW-Bus gerade vor.

„Erschrick nicht, wenn du Mirac siehst", meinte Jonas auf der Fahrt, „er humpelt noch ganz beträchtlich, und ohne Krücken kommt er nicht weit. Trotzdem bin ich froh, dass er die Sache überhaupt so gut überstanden hat."

Sie nickte. „Ja, das bin ich auch. Es wird sicher noch eine Weile dauern, bis er wieder für euch arbeiten kann. Aber ich finde es nett von ihm, dass er euch schon mal besuchen kommt."

Jonas sah sie grinsend von der Seite an. „Naja, in der Hauptsache ist er wohl wegen dir gekommen."

Der Gedanke gefiel ihr, und sie mußte lächeln, trotzdem fragte sie: „Meinst du wirklich?"

„Aber ja doch. Du hättest mal sehen sollen, wie er gestrahlt hat, als ich gesagt habe, dass ich dich anrufe."

„Ja, ich finde es auch schön, dass er gekommen ist."

Später, als sich Jonas und die anderen Musiker um Pascal versammelt hatten, um mit ihm über verschiedene Neuerungen zu diskutieren, und damit niemand ihnen dabei im Weg war oder sie störte, zogen sich Kia und Mirac in den kleinen Lagerraum der Band zurück. Den Tipp hatten sie von Jonas erhalten, er versprach, ihnen bescheidzusagen, sobald die die Musiker mit ihrer Besprechung fertig waren.

Der Raum war nur klein, hüben und drüben gab es hohe Regale, aber er hatte auch ein kleines Fenster, durch das gerade noch die letzten Sonnenstrahlen hereinfielen.

Kia und Mirac hatten sich jeder auf einen der großen Kartons gesetzt, die scheinbar frisch angekommen, aber noch nicht ausgepackt worden waren. Sie wussten nicht, was drin war, vermuteten aber, dass es Prospekte und Flyer für die Band waren.

Anfangs waren beide noch ein bisschen befangen, doch mit der Zeit gab sich das. Vor allem, weil Kia so neugierig war und Mirac mit so vielen Fragen bombadierte, dass er lachen mußte.

„Jetzt muß ich dich aber auch mal was fragen", meinte er nach einer Weile und war wieder ganz ernst. Das kranke Bein hatte er ausgestreckt, das gesunde auf den Rand des Kartons gestellt und mit den Armen umfasst.

Sie sah ihn gespannt an. „Ja, frag nur."

„Hast du schon mal einen Freund gehabt?"

Sie lachte. „Oh je, ich habe eigentlich viele Freunde, nur sind die leider nicht hier."

„Solche Freunde meine ich nicht, ich meine…"

Sie nickte. „Ja, ich kann mir schon denken, was für einen du meinst. Aber nein, einen solche Freund wollte ich bisher nicht. Und ich weiß auch nicht, ob ich das jemals will."

„Warum denn nicht?"

„Wahrscheinlich liegt das an meiner Mama."

Er überlegte, dann fragte er: „Du bist auch von deinen Eltern weggegangen, stimmt's?"

„Eigentlich nur von meiner Mama, Vater hatte ich ja keinen."

„Auch keinen Stiefvater?"

„Nein, auch keinen Stiefvater. Meine Mama hat uns drei

Kinder von drei verschiedenen Männern gekriegt, und mit keinem von ihnen ist sie zusammengeblieben. Jetzt hat sie auch noch dauernd Freunde, die zu ihr kommen, aber heiraten wird sie wohl keinen von denen."

Er dachte darüber nach, sagte aber nichts dazu. Und auch sie überlegte, ob sie ihm das näher erklären sollte. So etwas kannte er aus seiner Familie sicher nicht, deshalb sagte sie: „Ich bin von zu Hause weggegangen, weil ich Angst hatte, dass sie mir dann auch solche Freunde besorgen würde, - verstehst du, was ich meine?"

Ja, er verstand, was sie meinte. „Das ist ja schrecklich, wenn du mit sowas hattest rechnen müssen. Und was ist mit deinen Geschwistern?"

„Um meinen Bruder mach ich mir keine Sorgen, um meine kleine Schwester jetzt eigentlich auch noch nicht. Sie ist erst acht."

„Da bist du mit deiner Familie genauso schlimm dran, wie ich mit meiner", sagte er traurig. „Nur eben anders."

„Was wollten sie denn mit dir machen?"

„Erst mal wollten sie nicht, dass ich studiere, zumindest nicht hier in Deutschland."

„Aber warum denn nicht? Sie leben doch auch hier, oder nicht?"

„Das schon, aber sie wollten unbedingt, dass ich in der Türkei studiere. Wohnen sollte ich dort bei einem Verwandten." Er machte eine kurze Pause, bevor er weitersprach. „Und dort sollte ich dann dessen Tochter heiraten. Dabei kenne ich sie überhaupt nicht. Das heißt, als kleine Kinder haben wir vielleicht mal zusammen gespielt, ich weiß das gar nicht mehr so genau. Aber unsere Eltern haben uns beide schon damals einander versprochen."

„Oh mein Gott, wie konnten sie so etwas machen." Kia war entsetzt.

Mirac hob die Schultern. „In einigen türkischen Familien ist das immer noch Tradition."

„Und das Mädchen? Sie will dich doch vielleicht auch nicht, wenn sie dich gar nicht kennt. Wahrscheinlich hat sie inzwischen längst einen Freund, in den sie verliebt ist und den sie mal heiraten möchte."

Er hob die Schultern. „Das zählt nicht, sie muß gehorchen. Und von mir haben sie auch erwartet, dass ich gehorche."

„Und was wirst du tun?"

„Nichts. Ich werde hier in Deutschland mit meinem Studium anfangen. Wenn sie deshalb nichts mehr mit mir zu tun haben wollen, dann ist das ihr Problem, nicht meines. Ich brauche sie jedenfalls nicht."

Kia mußte an das Mädchen denken. „Aber was machen sie mit dem Mädchen, wenn du sie nicht heiraten willst?"

„Keine Ahnung. Vielleicht suchen sie ihr eines Tages einen anderen Mann."

„Und wieder einen, den sie gar nicht will?"

„Wahrscheinlich. Sie tut mir ja auch leid, aber ich kann ihr nicht helfen. Ich möchte mir meine Frau selbst aussuchen und eines Tages mal die heiraten, die ich liebe."

„Das kann ich verstehen."

Sie sah ihn von der Seite an. Er hatte ein hübsches Profil. Ein ganz klein wenig eine Hakennase, aber das gefiel ihr, und sie fand, das passte zu ihm.

„Hast *du* denn schon eine feste Freundin?" fragte sie ihn.

„Jetzt will ich erst mal studieren", wich er ihrer Frage aus.

„Trotzdem könntest du doch längst eine Freundin haben."

„Habe ich aber nicht. Für einen Türken ist es gar nicht so einfach, eine Freundin zu finden."

„Schwer kann es doch aber auch nicht sein, weil es sicher noch genügend türkische Mädchen gibt, denen *nicht* vorgeschrieben wird, wen sie heiraten sollen."

„Das schon, aber ich muß doch nicht unbedingt ein türkisches Mädchen heiraten, oder?"

„Nein, natürlich nicht. Wichtig ist nur, dass du sie liebst."

131

„Eben. Und ich habe nun mal eine ganz bestimmte Vorstellung davon, wie ein Mädchen sein muß, wenn es mir gefallen soll."

Er sah sie an, und eigentlich wollte sie seinem Blick ausweichen, doch dann griff er plötzlich nach ihrer Hand. Das war ein eigenartiges Gefühl, ganz anders als damals, als sie die Hand von Lars genommen hatte, um sie nicht wegstoßen zu müssen. Sie überließ Mirac ihre Hand, und er hielt sie fest.

„So ein Mädchen wie dich würde ich gerne finden. Eines Tages, wenn ich fertig bin mit dem Studium."

Sie war ein bisschen verwundert darüber, dass er das sagte. Das hörte sich an, als wäre er an keiner Freundin interessiert, solange er studierte.

„Wie lange musst du denn studieren?", fragte sie ihn.

„Ungefähr sieben Jahre."

„Du lieber Himmel, was bist du denn dann, wenn du fertig bist?"

„Jurist. Das ist der einzige Beruf, in dem man für Gerechtigkeit sorgen kann."

„Und die ganze Zeit über willst du keine Freundin haben?"

Er fing an, ihre Hand zu streicheln. Das gefiel ihr, weil er sie dabei anlächelte. Oder einfach deshalb, weil sie ihn mochte.

Inzwischen war die Sonne fast ganz verschwunden, und zwischen den Regalen war es in dem kleinen Raum richtig dämmerig geworden war.

„Ich will damit nur sagen, dass ich vorher nicht heiraten werde", sagte er und streichelte immer noch ihre Hand.

Sie rechnete. Wenn er jetzt neunzehn oder zwanzig war, wäre er am Ende seines Studiums sechsundzwanzig oder siebenundzwanzig. Würde er tatsächlich eine Frau finden, die so lange auf ihn wartete?

Vor lauter Rechnerei hatte sie gar nicht gleich bemerkt, dass sein Gesicht dem ihren immer nähergekommen war, und auf einmal berührten sich ihre Lippen. Ganz sacht nur, es war wie ein Hauch. Eine Sekunde lang war sie erschrocken, doch dann stellte sie fest, dass es ein schönes Gefühl war. Es war ganz anders, als wenn einer der Jungs früher beim Rumalbern versucht hatte, sie zu küssen. Und dann nahm Mirac ihr Gesicht in seine beiden Hände und küsste sie noch einmal. Ein wenig fester diesmal, aber es war immer noch schön.

Und ausgerechnet in diesem Augenblick hörten sie auf dem Flur die Musiker durcheinanderreden. Die Besprechung schien zu Ende zu sein.

Sie stand auf und half Mirac von seinem Karton herunter. Sie gab ihm seine Krücken in die Hand, die vorher an einem der Regale gelehnt hatten.

„Treffen wir uns mal?" fragte er.

Sie lächelte ihn an. „Ja, das wäre schön. Aber wie kommst du nach Ahrlingen?"

„Ein Freund kann mich fahren. Er hat mich heute auch hergebracht."

„Holt er dich auch wieder ab?"

„Ja, ich rufe ihn jetzt an, dann holt er mich."

Sie dachte, dass es ihr wirklich gefallen würde, sich mal wieder mit Mirac zu treffen. „Sag Jonas bescheid, wenn du mal wieder Zeit hast."

Sie öffnete die Tür zum Flur und blinzelte, weil es dort draußen heller war, als in dem kleinen Lagerraum.

„Glaubst du, dass Jonas nichts dagegen hat, wenn wir uns treffen?"

„Nein, ganz bestimmt nicht."

Sie wollte ihn mit seinen Krücken an sich vorüberhumpeln lassen, aber er blieb kurz stehen, lächelte und küsste sie noch einmal auf den Mund, und auf dieselbe sanfte Art, wie beim ersten Mal.

Sie lächelte zurück. „Bis bald", sagte sie zu ihm, und sie fühlte sich richtig glücklich.

Sie räumte gerade das Geschirr im Speiseraum zusammen, als Mathilda hereinkam. „Kia!"

Sie schaute sich nach ihr um. „Ja?"

Sie sah so ernst aus, dass sie erschrak, weil sie dachte, sie hätte etwas falsch gemacht. Doch ihr fiel nichts ein, was es hätte sein können.

„Komm mal her", sagte Mathilda.

Kia setzte das Tablett mit dem Geschirr auf der Anrichte ab und ging ihr ein paar Schritte entgegen. Ihr Herz fing an, heftig zu klopfen. Es hätte sie bedrückt, wenn sie aus irgendeinem Grund unzufrieden mit ihr gewesen wäre.

Mathilda aber legte ihr die Hände auf die Schultern. „Kia, da ist jemand, der dich gern sprechen möchte, aber es liegt an dir, ob du es auch willst, oder lieber nicht. Darüber mußt du selbst entscheiden."

„Wer ist es denn?" In Gedanken gingen ihr blitzschnell alle möglichen Leute durch den Kopf: Earl, Lars, jemand von den Firmen, bei denen sie sich beworben hatte? Oder war es gar Mirac? Mathilda kannte ihn noch gar nicht.

„Es ist deine Mama."

Kia war so erschrocken, dass sie das Gefühl hatte, alles Blut wäre ihr vom Kopf bis hinunter in die Füße geflossen.

„Was will sie denn?"

Sie war völlig hin- und hergerissen. Auf der einen Seite wollte sie sie gar nicht sehen, auf der anderen Seite war sie aber ihre Mutter. Sie war die Frau, die sie zur Welt gebracht hatte, die ihre ganze Kindheit über immer da gewesen war und für sie gesorgt hatte. Egal wie. - Sie mußte aber auch an ihren Geburtstag denken, daran, was sie mit ihr vorgehabt hatte.

Woher hatte sie überhaupt gewußt, wo sie sie finden würde?

„Ich habe keine Ahnung, was sie von dir will, Kia", sagte Mathilda, „das wird sie dir selbst sagen. Falls du sie sehen möchtest." Und dann fragte sie: „Kann ich sie reinholen?"

Als Kia nicht gleich antwortete, fügte sie hinzu „Ich kann sie aber auch wieder wegschicken, wenn dir das lieber ist."

„Nein, nein", Kia hatte sich wieder ein bisschen gefangen, „sie soll ruhig reinkommen."

„Gut, dann hole ich sie jetzt. Aber…, du kannst die Unterhaltung zu jeder Zeit abbrechen, wenn du das willst. In Ordnung?"

Kia nickte, hielt dann aber Mathilda am Arm zurück.

„Wenn Jonas jetzt hier wäre…"

„Soll ich ihn anrufen?"

„Ich weiß nicht, ob er Zeit hat, aber…"

„Ich werde ihn anrufen, damit er wenigstens bescheid weiß."

„Ja, danke."

Dann ging sie hinaus, und kurz darauf kam ihre Mama zur Tür herein. Kia konnte sie nur anstarren.

Ihre Mama! Sie hatte sie schon so lange nicht mehr gesehen. Sie hatte sich hübsch angezogen, hatte Lippenstift und etwas Make-up aufgetragen, ihr frisch frisiertes Haar fiel ihr in hübschen Wellen über die Schultern… Sie sah gut aus, fand Kia, und einen Augenblick lang war sie richtig stolz auf sie. Das bezog sich natürlich nur auf ihr Äußeres…

Im nächsten Augenblick kam ihre Mama auf sie zugestürzt und nahm sie stürmisch in den Arm.

„Meine Große, mein Mädchen. Ich hab dich so sehr vermisst. Wie geht es dir?"

Kia verhielt sich ein bisschen steif in ihren Armen, sie war mißtrauisch, weil sie nicht wußte, was sie von ihr wollte.

„Mir geht es sehr gut hier", sagte sie und versuchte, sich aus der Umarmung zu befreien.

„Das freut mich. Ich soll dich von Francois und Ayshe ganz lieb grüßen. Und die Nachbarskinder haben mir auch Grüße für dich aufgetragen, vor allem Marcel und Pink. Und alle fragen sie, wann du wieder nach Hause kommst."

Es tat ein bisschen weh, als sie ihre Geschwister und ihre

Freunde erwähnte, aber wahrscheinlich war es genau das, was sie gewollt hatte. „Ich werde nicht nach Hause kommen, Mama. Du kannst alle von mir grüßen, die dir Grüße an mich aufgetragen haben, aber sag ihnen, dass ich nicht mehr zurückkommen werde."

Ihre Mutter senkte den Kopf. „Ich habe befürchtet, dass du das sagen würdest", meinte sie leise und lächelte bitter, „obwohl es mir in der Seele wehtut, weil ich nicht begreifen kann, warum es zwischen uns beiden nicht geklappt hat. Wo es doch so schön sein könnte, wenn sich Mutter und Tochter gut verstehen?"

„Du weißt, warum ich gegangen bin, Mama", sagte Kia ebenso leise.

Da hob sie Kopf. „Nein, so genau weiß ich das nicht. Du hast dich damals für einen Mann entschieden, anstatt für deine Familie und deine Mutter, du hast..."

Kia unterbrach sie heftig. „Nein, Mama, nein! Ich habe mich nicht für einen Mann entschieden, sondern ich habe mich *gegen* die entschieden, die du für mich vorgesehen hattest."

„Das ist nicht wahr!", fuhr sie heftig auf. „Wie kannst du so etwas behaupten. Niemand hat dir etwas Böses gewollt, das bildest du dir nur ein. Du bist aus freien Stücken mit diesem Mann fortgegangen, und du hast ihn selbst als deinen Freund bezeichnet."

Wie konnte sie die Gegebenheiten von damals nur so verdrehen, dachte Kia verzweifelt und warf Mathilda, die wieder hereingekommen war und sich im Hintergrund hielt, einen hilflosen Blick zu. „Ja, er war mein Freund, und das ist er heute immer noch", sagte sie, „aber du scheinst den Unterschied zwischen meinen und deinen Freunden nicht zu kennen. Er hat mich hierher gebracht zu Mathilda, damit ich ein..."

„Er hatte nicht das Recht, dich aus deiner Familie herauszuholen, er..."

Nun mischte sich auch Mathilda ein, ganz ruhig trat sie einen Schritt vor. „Frau Wagner, die Kia ist volljährig. Niemand hat sie irgendwo herausgeholt, es ist ihr eigener Wunsch gewesen. Sie selbst kann bestimmen, wie und wo sie leben möchte und mit wem."

„Das sehe ich nicht so, schließlich haben Kinder ihren Eltern gegenüber auch Verpflichtungen, vor allem, wenn sie krank sind oder in anderen Schwierigkeiten stecken."

„Sie stecken also in Schwierigkeiten, aus denen Ihnen ausgerechnet Kia wieder heraushelfen kann?"

„Ja. Ich würde sie ganz dringend zu Hause brauchen."

Im selben Augenblick sah Kia durchs Fenster den grünen VW-Bus auf der Straße halten. Sie lief zur Haustür und ließ Jonas herein.

„Sie ist da", sagte sie zu ihm, „meine Mama ist gekommen", stammelte sie. Sie zitterte und spürte schon wieder Tränen in den Augen. „Sie sagt, sie würde mich zu Hause brauchen. Ich glaube, sie will mich wieder mit nach Bretzingen nehmen."

Jonas legte seinen Arm um ihre Schultern. „Das kann sie nicht, Kia. Du bist volljährig, sie kann dich zu nichts mehr zwingen."

Sein Arm lang noch immer um ihren Schultern, als sie in den Speiseraum kamen.

Sofort ging Ihre Mutter auf Jonas los und ihre Augen funkelten zornig. „Sie sind der Mann, der meine Kia dazu überredet hat, uns zu verlassen", fuhr sie ihn heftig an und schlug mit der Faust gegen seine Brust. Kia war erschrocken, aber gleichzeitig war ihr etwas aufgefallen: Es war die Art, wie ihre Mama ihn ansah. Trotz ihres Zornes, mit dem sie auf ihn losgegangen war, schien er ihr durchaus zu gefallen, das war ganz eindeutig. Oh mein Gott, dachte Kia entsetzt. Sie kannte diesen Blick, und das machte sie noch wütender. Und unglücklicher.

„Sie wissen ganz genau, dass das nicht wahr ist", sagte

Jonas ganz ruhig. „Kia hat sich selbst entschieden, und weil das so ist, erübrigt sich für sie auch jede weitere Unterhaltung mit Ihnen."

„Frau Weber meint, da sie selbst im Augenblick in Schwierigkeiten stecke, sei Kia dazu verspflichtet, ihr zu helfen," sagte Mathilda zu Jonas, aber der schüttelte den Kopf. „Ich denke, dass es für Ihre Schwierigkeiten andere Stellen gibt, an die Sie sich wenden können, dafür ist Kia ganz sicher nicht zuständig. - Und nun wird es das Beste sein, wenn Sie wieder gehen."

Die Frau schluckte. „Sie können mich doch nicht einfach so wegschicken."

Und wieder trat Mathilda einen Schritt vor. „Doch, *ich* kann das, denn dies ist *mein* Haus, und ich kann wegschicken, wen immer ich will."

Nun wandte sich Mama direkt an Jonas. „Ich würde gern unter vier Augen mit Ihnen reden."

Kia erschrak ein bisschen und hatte Angst, er würde darauf eingehen, doch er schüttelte den Kopf. „Tut mir leid, Frau Wagner, da gibt es nichts zu reden. Ich kann weder für Kia sprechen noch für sie entscheiden, und sie hat bereits beschlossen, hier zu bleiben. Das allein zählt."

Dann wandte er sich an Kia. „Komm, ich denke, wir werden hier nicht mehr gebraucht," sagte er, nahm ihren Arm und führte sie aus dem Zimmer.

Die Begegnung mit ihrer Mama hatte Kia ganz schön zugesetzt. Sie fragte sich, ob sie ihr nicht eigentlich hätte helfen müssen, wenn sie in Schwierigkeiten war? Aber was waren das für Schwierigkeiten, vielleicht übertrieb sie ja auch nur wieder.

Als Mama gegangen war, saßen Jonas und Mathilda noch eine Weile mit Kia in der Stube zusammen. Mathilda hatte Kaffee gekocht, und sie holte eine Packung der Kekse heraus, die alle so gern mochten. Trotzdem wollte keine gute Stimmung aufkommen, allen ging der unverhoffte

Auftritt noch immer durch den Kopf. Aber sie wollten nicht weiter über dieses Thema reden.

„Ich muß wieder gehen", sagte Jonas schließlich, „ich hoffe, ihr nehmt mir das nicht übel."

Mathilda schüttelte den Kopf, und Kia sagte: „Nein, Jonas, du glaubst nicht, wie froh ich war, dass du überhaupt kommen konntest."

„Du solltest dir jetzt irgendwas Schönes vornehmen, Kleine, damit du wieder auf andere Gedanken kommst."

Daran hatte sie auch selbst schon gedacht, aber ihr fiel nichts ein, was sie nach dieser Aufregung wieder beruhigt hätte.

„Ich könnte Mirac holen", schlug Jonas vor. „Er kann zwar noch nicht recht laufen, aber zumindest könntet ihr miteinander reden. Was meinst du?"

Das war eine gute Idee. Und obwohl sie schon wieder ein bisschen verlegen wurde, mußte sie lächeln. „Ja, das wäre schön", sagte sie, „er hat ja jetzt Zeit."

Jonas lachte. „Hörst du es auch, Mathilda? Ich glaube, da fängt irgendwo ein Herzchen grad ganz schön heftig an zu klopfen, wenn ich den Namen Mirac erwähne."

„Aber ja, ich höre es auch. Ganz laut und deutlich", meinte Mathilda und lachte mit.

Aber sie war ihnen nicht böse, sie durften ruhig wissen, dass sie Mirac wirklich gernhatte.

Eine Stunde später saß sie dann mit Mirac in der kleinen Parkanlage zwischen der Kirche und dem Ufer des Wildbachs. Es war ein so schöner sonniger Sommertag, und es roch nach einem bunten Gemisch aus Blumen. Von keiner hätte sie die Namen sagen können, denn Biologie war nie so ihr Fach gewesen, aber trotzdem war es schön, ihren Duft einzuatmen. Auch Mirac schien das zu gefallen. Er hatte sich sehr darüber gefreut, dass Jonas ihn nach Ahrlingen geholt hatte. Und noch mehr freute es ihn, dass man an ihn gedacht hatte, als es darum ging, Kias bedrückte Stimmung zu vertreiben.

„Was hat deine Mutter denn nun eigentlich von dir gewollt?", fragte er sie.

„Wahrscheinlich wollte sie, dass ich mit ihr zurück nach Bretzingen gehe. Sie sagte, sie stecke in Schwierigkeiten."

„Und was für Schwierigkeiten hat sie nicht gesagt?"

„Nein, dazu ist sie gar nicht gekommen, weil ihr Jonas und Mathilda gleich klar gemacht haben, dass ich nicht die Richtige bin, um ihr aus ihren Schwierigkeiten zu helfen. Sie haben sie einfach wieder weggeschickt."

Er sah sie von der Seite an. „Hat sie dir leidgetan?"

Sie hob die Schultern und fragte sich das selbst. Hatte sie ihr leidgetan? Ehrlich gesagt, sie wußte es nicht. Es war seltsam mit ihrer Mama, in Bezug auf sie gab es immer so ein Hin und Her, so ein Rauf und Runter. Sie konnte nicht sagen, dass sie sie hasste, sie konnte aber auch nicht sagen, dass sie sie liebhatte. Nur eines wußte sie ganz sicher, bei Mathilda war ihr Leben viel ruhiger und schöner, obwohl es bei ihr immer viel Arbeit gab.

„Du kannst froh sein, dass dich die *Goldstück*-Wirtin bei sich aufgenommen hat."

„Ja, das bin ich auch, und das habe ich nur Jonas zu verdanken."

„Seid ihr eigentlich verwandt miteinander, der Jonas und du?"

Sie schüttelte den Kopf und mußte lachen in Erinnerung an die Buchausstellung. „Nein, ich habe ihm eines Tages Cola über seine Jacke und seine Hose geschüttet, das war unsere erste Begegnung."

„Das wird er ja nicht grad gut gefunden haben, oder?"

„Nein, er war furchtbar wütend." Sie mußte immer noch lachen, und dann erzählte sie ihm die ganze Geschichte, wie Jonas ihr an jenem Tag nicht nur einmal aus der Patsche geholfen hatte. „Da kannst du von Glück reden, dass du ausgerechnet an ihn geraten bist."

Sie war wieder ernst geworden. „Ja, das ist mir klar. Wer weiß, was mir sonst noch alles passiert wäre, wenn es ihn nicht gegeben hätte. Er ist wie ein Vater. Ich habe ja nie einen gehabt, aber so wie ihn stelle ich mir einen richtigen Vater vor. Er ist der einzige Mensch, dem ich wirklich vertraue. - Das heißt, einer der wenigen, denn Mathilda vertraue ich auch."

„Mir kannst du auch vertrauen, Kia", sagte Mirac.

„Ja, das weiß ich", antwortete sie, aber trotzdem fragte sie sich: Konnte sie das wirklich? Sie kannte ihn doch noch viel zu wenig. Er sah gut aus, aber das wollte nichts heißen, denn darauf war sie schon zweimal hereingefallen. Allerdings mußte sie zugeben, dass Mirac ganz anders war, als Earl oder Lars. Er war nicht nur klug, sondern auch still, bedächtig und zurückhaltend. Sie war gern in seiner Nähe, und sie dachte sich, dass es ein gutes Zeichen war, dieses schöne Gefühl, wenn er sie berührte.

„Du hast mir neulich gesagt, du wolltest noch keinen richtigen Freund haben. Warum eigentlich nicht?", fragte er sie.

„Ich weiß nicht, wie ich dir das erklären soll. Ich denke immer, wenn ich einen solchen Freund hätte, der hätte dann vielleicht die gleiche Bedeutung für mich, wie für meine Mutter einer der Männer, die zu ihr kommen."

„Das ist doch aber Unsinn."

„Vielleicht…" Sie senkte den Kopf und dachte darüber nach. „Vielleicht aber, weil ich mir dann auch selbst ein bisschen so vorkäme, wie meine Mama."

Sie spürte seine Hand auf ihrer Wange. „Kia, einen richtigen Freund zu haben bedeutet ja nicht nur das, was du jetzt denkst. Das bedeutet doch auch, dass man sich innen drin ganz nah ist und gernhat." Sein Mund kam ihrem immer näher, und ihr wurde bewusst, dass sie eigentlich schon darauf gewartet hatte, dass sich ihre Lippen wieder berühren würden. Das war dann ein so schöner Moment, dass sie ihn plötzlich auch küssen wollte, obwohl das für sie vorher nie so gewesen war.

„Wenn mein Studium anfängt, werden wir uns vielleicht für lange Zeit nicht mehr sehen", sagte er, nachdem sich ihre Lippen wieder voneinander gelöst hatten.

„Wo gehst du denn hin? Nicht nach Karlsruhe?"

„Nein, nach Mannheim."

„Aber bis dahin bleibt uns doch noch ein bisschen Zeit, oder?"

Er lächelte. „Möchtest du denn, dass uns noch ein bisschen Zeit bleibt?"

Sie lächelte zurück und nickte. Da küsste er sie noch einmal, und diesmal strich auch seine Zungenspitze zärtlich über ihre Lippen, drang dann ganz behutsam in ihren Mund ein, und es war, als ob sich ihre Zungen streichelten und umarmten. Ihr Herz klopfte ganz aufgeregt, weil das etwas ganz Neues für sie war. Aber es war so schön, dass sie nicht wollte, dass er damit aufhörte.

Der Sommer ging langsam dem Ende zu, und Kia wußte, auch für sie würde sich bald einiges ändern. Die Baufirma in Karlsruhe hatte ihr abgesagt, aber die Leute der Firma in Rastatt hatten ihr geschrieben, dass sie sich darauf freuten, sie am 1. Oktober im Kreise ihrer neuen Auszubildenden begrüßen zu dürfen.

Jonas war glücklich darüber, und er hatte gleich angefangen, in Rastatt nach einer Unterkunft für sie zu suchen. Sie allerdings war traurig, wenn sie daran dachte, dass sie Mathilda bald verlassen mußte. In einer neuen Umgebung würde sie niemanden kennen und wieder ganz von vorn anfangen müssen, nette Leute zu finden. Dann würde sie nicht nur Jonas, sondern auch Mirac nur noch selten sehen können. Natürlich würde Jonas versuchen, sie so oft wie möglich zu treffen, aber Mirac würde schon vor dem 1. Oktober nach Mannheim fahren, und danach konnten sie nur noch ab und zu miteinander telefonieren. Und telefonieren war nicht dasselbe, als wenn man beieinander war. Vielleicht konnten sie sich in den Semesterferien wiedersehen, - doch wer wußte schon, was bis dahin war?

Zum Glück blieb ihnen ja tatsächlich noch ein bisschen Zeit, bis er nach Mannheim fahren mußte. Inzwischen ging es ihm wieder sehr viel besser, obwohl er, wie er sagte, immer noch manchmal Schmerzen hatte.

Sie trafen sich so oft es möglich war, und es war immer sehr schön mit ihm zusammen. Kia hatte entdeckt, wie aufregend es sein konnte, Zärtlichkeiten mit ihm auszutauschen. Sie mochte es, wenn sie sich küssten und auch, wenn er unter ihr T-Shirt und in ihren BH griff, um liebevoll ihre Brüste zu streicheln. Obwohl sie sich manchmal dachte, dass er vielleicht gern einen Schritt weitergegangen wäre, akzeptierte er es, dass sie sich dazu noch nicht bereit fühlte. Sie dachte sich, dass ihre Liebe zu ihm wahrscheinlich doch noch nicht groß genug war, um selbst den Wunsch zu verspüren, ihm mehr zu geben.

Bevor sie Ahrlingen verließ, wollte sie noch einmal ihre Bretzinger Freunde anrufen, obwohl sie sich in den vergangenen Wochen und Monaten doch ab und zu bei ihnen gemeldet hatte. Sie hatte Marcel und Pink erklärt, warum sie von Zuhause weggegangen war, und da sie ihre Mama kannten, hatten sie es auch verstanden.

Anna hatte ja eh' über alles Bescheid gewusst, sie freute sich nun für Kia, dass sie endlich einen Ausbildungsplatz gefunden hatte und versprach ihr, sie vielleicht eines Tages in Rastatt zu besuchen, wenn sie erst einmal eine eigene Unterkunft gefunden hatte.

Naja, Kia glaubte nicht so richtig daran, dass sie es tatsächlich wahrmachen würde, wenn es soweit war, denn lachend hatte sie hinzugefügt: „Obwohl das dann ja eine halbe Weltreise für mich wäre." Während sie noch ihre

Späße darüber machten, wurde Anna plötzlich ganz ernst.

„Kia, hast du eigentlich gewusst, dass deine Mama im Krankenhaus gewesen ist?", fragte sie.

Kia erschrak. „Was sagst du da? Sie war im Krankenhaus? Warum denn das? Was war denn mit ihr?"

„Ich weiß es auch nur von euren Nachbarn. Es hieß, es sei so eine Frauenkrankheit gewesen, sie hatte sich einem chirurgischen Eingriff unterziehen müssen. Einer Operation also, oder so etwas Ähnlichem, keine Ahnung. Und anschließend sei sie in einer Reha gewesen, hieß es."

„Und jetzt? Ist sie wieder zu Hause? Geht es ihr gut?"

„Ja, ja, reg dich nicht auf. Anscheinend ist alles wieder in Ordnung. Es war nur ein bisschen schwierig wegen der Kinder."

„Du meinst wegen Francois und Ayshe?"

„Ja. Sie konnten doch nicht alleine zu Hause bleiben."

„Oh mein Gott, wer hat sich dann um sie gekümmert? Hat jemand aus der Nachbarschaft sie zu sich genommen? Wenn ich das gewusst hätte...!"

Sie dachte an den Tag, an dem Mama in Ahrlingen im *Goldstück* gewesen war. Hatte sie *das* gemeint, als sie von Schwierigkeiten gesprochen hatte? Hatte sie sie darum bitten wollen, nach Hause zu kommen und sich um ihre Geschwister zu kümmern? Warum hatte sie das nicht gesagt? - Aber wie hätte sie es sagen können, wo Jonas und Mathilda sie gleich daran gehindert hatten? Sie hätten sie reden lassen sollen.

Kia kamen die Tränen und sie fühlte sich entsetzlich. Was war sie nur für eine Tochter?

„Ja", sagte Anna, „ich kann mir denken, dass du gleich nach Hause gekommen wärst, wenn du es gewusst hättest. Du bist ein gutes Mädchen. Aber glaube mir, Kia, so wie es gelaufen ist, war es sicher besser. Wahrscheinlich hätte sie dich wirklich nicht wieder gehen lassen."

„Was heißt das ‚so wie es gelaufen ist'? Wie ist es denn

gelaufen?" Und ohne ihre Antwort abzuwarten, sagte sie: „Anna, sie war hier! Meine Mama war hier in der Pension, in der ich arbeite. Sie hat etwas von Schwierigkeiten gesagt, aber wir dachten, sie sagt das nur so, weil sie unbedingt wollte, dass ich wieder nach Hause komme. Deshalb haben Mathilda und Jonas sie weggeschickt."

„Mach dir deshalb keine Gedanken, Kia, das war sicher das Beste für dich. Für die Kinder ist dann von Amts wegen eine Hauswirtschafterin eingesetzt worden. Eine sehr nette Person, wie ich gehört habe. Die Kinder haben sie sehr gemocht. Es ist ihnen sehr gut gegangen während dieser Zeit. Sie wollten sogar, dass sie weiterhin bei ihnen bleibt, auch als deine Mama wieder zurück war. Aber das ging ja nicht."

Kia fiel ein Stein von der Seele, als sie das hörte. Gleichzeitig machte sie sich aber auch Sorgen um die beiden Geschwister. Hatten sie mit dieser Hauswirtschafterin vielleicht das erste Mal erlebt, wie es in einer ‚normalen' Familie zuging?

Sie nahm sich vor, mit Jonas darüber zu reden. Er wußte doch immer Rat. Vielleicht würde ihm auch etwas für ihre Geschwister einfallen.

7.

Ende September fand ein großes Musik-Festival in Rottmannsthal, in der Nähe von Darmstadt, statt. Jonas hatte Kia einen Werbeflyer mitgebracht, und darin war zu lesen, dass eine Woche lang in sechs Hallen in und um die Stadt herum verschiedene Bands auftreten und ihr Bestes geben würden. Und dieses Mal sollten natürlich auch die *Blueflames* wieder dabei sein. Weil Jonas im Jahr zuvor der Band noch nicht angehört hatte, war es für ihn etwas ganz Neues, und er war sehr gespannt, wie alles ablaufen würde.

Wie aus dem Flyer zu erfahren war, hatte sich Pascal auch diesmal wieder, wie auch schon im Vorjahr, darum bemüht, für den Ahrlinger Jugend-Club eine Freizeit in Rottmannsthal zu organisieren und mit dem Festival zu verknüpfen. Das bedeutete, dass die Jugendlichen drei Tage mit Spiel und Spaß im Jugendzentrum von Rottmannsthal verbringen konnten, gleichzeitig aber auch die Gelegenheit bekamen, einige der Musikveranstaltungen im Rahmen des Festivals zu besuchen. Weil die Ahrlinger Teenager ‚ihre *Blueflames*' sehr liebten, wurde das Angebot wieder gern angenommen.

Jonas hatte Kia den Vorschlag gemacht, auch an der Freizeit teilzunehmen, weil er meinte, dass sie während dieser drei Tage dann einerseits in der Nähe der Band sein konnte, andererseits aber auch die Möglichkeit hatte, Unterkunft und Verpflegung im Jugendzentrum Rottmannsthal in Anspruch zu nehmen.

Anfangs war sie nicht sehr begeistert von dieser Idee, denn

sie kannte niemanden aus dem Club. Dazu kam, dass sie davon ausging, sie würde die Auftritte der *Blueflames* an diesen drei Tagen nur von den Zuschauerplätzen aus verfolgen können, ohne die Chance zu haben, sich vor und nach den Konzerten mit Jonas zu treffen. Und würde sie sich nicht sehr eingeengt fühlen, wenn sie sich an den festen Tagesablauf im Jugendzentrum halten mußte?

„Stell dir vor, dann sehen wir uns die ganzen drei Tage über vielleicht kein einziges Mal, außer wenn ich da unten im Zuschauerraum sitze", maulte sie. „Und eine halbe Stunde nach dem Konzert ist dann Schlafenszeit, das Zentrum wird zugeschlossen, - und das war's dann für mich."

Jonas lachte. „Naja, eine gewisse Strenge muss sein, wenn man so eine Horde Jugendlicher im Zaum halten will", meinte er, und mit einem Zwinkern fügte er hinzu: „Sonst tanzen sie einem am Ende noch auf der Nase herum."

Sie schüttelte den Kopf. „Ich glaube, dann bleibe ich doch lieber zu Hause", entschied sie.

Er lachte wieder. „Aber nein, Kia, keine Angst. Ich denke, in deinem Fall könnte man schon die eine oder andere Sonderregelung treffen."

Sie warf ihm einen mißtrauischen Blick zu. „Und wie sähe das aus?"

Er grinste. „Man könnte dich zum Beispiel vom Abendessen befreien und die abendliche Ausgangssperre für dich aufheben."

„An allen drei Tagen?"

„Wenn du Wert darauf legst…?"

Sie knuffte ihn in die Seite. „Und ob ich Wert darauf lege."

„Also dann…, dann werde ich mal sehen, was ich machen kann."

„Heißt das…?"

„Das heißt, du könntest zu den Konzerten wahrscheinlich wieder zu uns hinter die Bühne kommen, und danach könnten wir beide zusammen essen gehen. - Wie wäre das?" Sie lachte befreit auf. „Warum hast du das denn nicht gleich gesagt?"

Auch er lachte. „Ich wollte dich doch erst noch ein bisschen zappeln lassen", meine er. Und dann fügte er hinzu: „Ich halte es einfach für wichtig, dass du morgens ein anständiges Frühstück kriegst, mittags eine warme Mahlzeit, und dass du zwischendurch auch von den diversen Unterhaltungsangeboten profitieren kannst, damit es dir nicht langweilig wird bis zum Konzertbeginn."

Gut, damit war sie einverstanden, - sie fing sogar an, sich ein kleines bisschen darauf zu freuen. Wenn nur nicht über diesem Ereignis schon, wie ein kleines dunkles Wölkchen, der bevorstehende Abschied gestanden hätte. Das Ende des Festivals bedeutete nämlich auch das Ende ihres Aufenthalts in Ahrlingen und bei Mathilda. Zwar hatte Jonas immer noch keine passende Unterkunft in Rastatt für sie gefunden, aber Mathilda hatte mit einer Bekannten telefoniert und mit ihr ausgemacht, dass sie für die erste Zeit bei ihr wohnen konnte.

Anfangs hatte es so ausgesehen, als ob auch Mirac kurz nach Rottmannsthal kommen könnte, doch das klappte nicht, weil er sich inzwischen einer Wohngemeinschaft angeschlossen hatte, und wäre er nicht rechtzeitig dort angekommen, wäre der Platz vergeben gewesen.

Und dann war es soweit. Kia fand sich zusammen mit den jungen Leuten vom Ahrlinger Jugendclub vor dem Gebäude der *Blueflames* ein. Es waren zwei kleine Busse, die sie nach Rottmannsthal bringen sollten, beide ein bisschen größer, als Jonas' grasgrüner VW-Bus, denn jeder hatte Sitzplätze für zehn Personen. Insgesamt waren es zehn Jungs und acht Mädchen. Sie alle kannten sich untereinander, nur Kia war fremd und kannte niemanden. Sie wünschte, Jonas wäre mit dabei gewesen, aber die Musiker waren schon ein paar Tage zuvor zusammen losgefahren.

Neben ihr im Bus saß ein Mädchen, das sie an Pink erinnerte, weil auch sie ein bisschen zuviel von ihrem Rouge aufgetragen hatte. Kia lächelte sie an, und es kam auch ein Lächeln zurück, doch als die Fahrt losging, steckte das Mädchen ihre Kopfhörer-Stöpsel in die Ohren und nahm sie erst wieder heraus, als sie auf dem Parkplatz vom Jugendzentrum in Rottmannsthal angekommen waren. Sie wußte nicht einmal ihren Namen.

Im Zentrum gab es einen Jungenflügel und einen Mädchenflügel, - damals wußte sie noch nicht, dass das in vielen Jugendzentren oder Jugendherbergen so üblich war. Sie hatte ja bisher nie an irgendwelchen Klassenfahrten von der Schule aus teilnehmen können. In jedem Zimmer gab es vier Betten, also schickte man vier von den Mädchen, die auch zusammen in einem der Busse aus Ahrlingen angekommen waren, auf ein Zimmer. Kia wartete erst einmal ab, welche Betten die anderen haben wollten, sie nahm dann das, was übriggeblieben und noch frei war.

Zuerst schauten sie sie alle ein bisschen mißtrauisch an, wahrscheinlich, weil sie sie noch nicht kannten, doch sie dachte sich, dass es nicht schön wäre, wenn sie die ganze Zeit über nichts miteinander reden würden. Deshalb stellte sie sich in die Mitte des Zimmers und gesagt: „Hallo Leute, ich bin die Kia, aber ich weiß leider nicht, wer ihr seid. Vielleicht können wir uns ja in den drei Tagen, die wir hier sind, alle ein bisschen besser kennenlernen.“

Im ersten Augenblick wurde sie nur wortlos angestarrt, doch dann fingen sie auf einmal an zu lachen, durcheinander zu reden und ihr ihre Namen zu nennen. Dadurch erfuhr sie auch, dass das Mädchen, das neben ihr im Bus gesessen hatte, Rosalie hieß. Und dann wollten sie auf einmal alle wissen, wer sie sei, wieso sie Kia hieß, was sie in Ahrlingen machte, und ob sie auch ein Fan von den *Blueflames* sei. ‚Klar bin ich ein Fan von den *Blueflames*‘, hatte sie geantwortet, - aber sie hatte ihnen nicht gesagt, dass sie mit dem Leadgitarristen befreundet sei, weil sie dachte, sie könnten vielleicht neidisch werden oder denken, sie fühlte sich deshalb als etwas Besonderes. Natürlich würden sie es trotzdem irgendwann mitkriegen, wenn sie merken würden, dass sie beim Abendessen fehlte und auch zum Schlafengehen später kommen durfte.

Am Abend war dann das erste Konzert. Die meisten aus den beiden Ahrlinger Bussen saßen im Zuschauerraum, während ihr Wilson einen Platz hinter den Kulissen, seitlich der Bühne, ausgesucht hatte.

Jonas sah wieder großartig aus in seinem schwarzen Bühnenoutfit und mit den langen Locken, und er spielte, dass sie dachte, es könnte unmöglich jemanden sonst auf der Welt geben, der seine Gitarre so beherrschte, wie er. Ihr wurde ganz warm in ihrem Inneren, wenn ich ihm zusah, auch weil sie ihm so viel zu verdanken hatte, und weil er für sie der beste Mensch war, den sie kannte. Der Gedanke daran, dass sie ihn demnächst seltener sehen würde, wenn sie in Rastatt war, machte sie traurig, aber sie wußte, er würde ganz sicher nichts unversucht lassen, sie so oft wie nur möglich zu treffen und sie zu den Konzerten oder zu den Proben abzuholen. Und sicher würde er auch dafür sorgen, dass sie Mathilda ab und zu besuchen konnte.

Nach dem Konzert gingen sie zum Essen in das Restaurant, das zu dem Hotel gehörte, in dem die Musiker ihre Zimmer hatten. Der Bassgitarrist Sven und seine Marina und auch der Schlagzeuger mit seiner Frau Birgit saßen am Nebentisch und winkten ihnen zu. Die beiden Frauen waren im Bus der Musiker mitgefahren. Kia war ein bisschen neidisch gewesen, aber sie sah ein, dass sie eine ganz andere Rolle spielten, als sie.

Das zweite Konzert verlief ähnlich wie das erste, - zumindest dachte sie das zuerst. Diesmal waren nicht mehr ganz so viele von den Ahrlinger Jugendlichen unter den Zuschauern. Entweder waren sie an diesem Abend bei einer der anderen Bands, oder sie hatten sich für einen Stadtbummel durch Rottmannsthal entschieden. Es war ja niemand verpflichtet, an den *Blueflame*-Konzerten teilzunehmen.

Wilson hatte einen alten Stuhl gefunden, den er ihr hinstellte, und von ihrem Platz aus konnte sie alle Musiker gut beobachten. Komischerweise war sie diesmal von den ersten Minuten an von einer ganzen eigenartigen Stimmung erfasst worden. Ihr war, als ob irgendetwas nach ihrem Herzen griff. Sie schrieb das ihrer Traurigkeit zu, die über ihr hing und sie immer mehr bedrückte. Doch das Seltsame war, dass sie die meiste Zeit nur auf Jonas schauen mußte, ob sie wollte oder nicht, und dass diese Beklemmung bei seinem Anblick noch viel stärker wurde, obwohl ihr doch klar war, dass sie sich auch weiterhin immer wieder sehen würden, - auch später, wenn sie in Rastatt war. Sie beobachtete ihn, wie er sich bewegte, wie seine Finger über die Saiten huschten, wie er den Kopf hob, seine Locken zurückwarf... Und auf einmal tat es in ihrem Herzen richtig weh. Es fühlte sich ganz anders an, als sonst, wenn sie hinter der Bühne stand und ihm zusah. Sie fuhr sich mit der Hand über die Stirn und fragte sich, was denn bloß los war mit ihr. Sie würde doch wohl hoffentlich nicht krank werden, oder?

Jonas schien sie entdeckt zu haben, denn er kam ziemlich nah an die Stelle, an der sie saß. Er schaute sie an, ohne sein Spiel zu unterbrechen. Hatte er bemerkt, dass es ihr nicht gutging? Ihre Blicke trafen sich... Aber obwohl ein Lächeln in seinen Augen lag, fuhr ihr plötzlich ein entsetzlicher Stich in den Magen. Oder in die Brust? Nein, durch den ganzen Köper, - sie hätte nicht sagen können, wo es am Schlimmsten war. Sie fing an zu zittern und hätte weinen mögen... Und ganz plötzlich, wie mit einem Schlag, verstand sie auf einmal, was mit ihr los war. - Doch nein, das konnte nicht sein, sagte sie sich. Heftig schüttelte sie den Kopf. Und doch wußte sie es plötzlich es mit unumstößlicher Sicherheit... Es war nicht nur der Trennungsschmerz, es war nicht nur die Angst davor, dass sich alles verändern würde, dass sie ihn vermissen würde... Es war etwas ganz anderes: Sie liebte ihn! Sie liebte ihn wie sonst nichts auf der Welt. So sehr, dass es wehtat. Und ihr war klar, dass sie ihn eigentlich schon immer geliebt hatte. Nur ihn. Von Anfang an.

Diese Erkenntnis brachte sie fast um den Verstand. Und dann mußte sie wirklich weinen.

Nachdem Konzert trafen sich alle wieder in der Garderobe, und sie hatte nur einen einzigen Gedanken: Er durfte es niemals erfahren, er durfte es nicht merken. Er hatte so viel für sie getan, sie durfte ihn unmöglich mit ihren Gefühlen belasten. Wenn er wüsste, wie es in ihrem Herzen aussah, würde er sich zurückziehen, das würde ihre Freundschaft zerstören, und vielleicht würde sie ihn dann für immer verlieren.

Der Gedanke, dass sie in wenigen Tagen in Rastatt war, beruhigte sie auf einmal. Wenn sie sich eine Weile nicht mehr sahen, sagte sie sich, dann war es vielleicht eines Tages nicht mehr ganz so schlimm, dann würde sie all- mählich wieder zur Ruhe kommen...

Doch an diesem Abend mußte sie noch einmal mit ihm essen gehen, sie mußte sich zusammenreißen und durfte sich nichts anmerken lassen. Dann war da nur noch der morgige Tag, den sie hinter sich bringen mußte, ihr letzter Tag hier auf dem Festival. Und übermorgen früh würde der Bus sie mit den anderen jungen Leuten zurück nach Ahrlingen bringen. - Dann hatte sie es geschafft.

„Was ist denn los, Kleine, fühlst du dich nicht gut?", fragte Jonas, als sie nach dem Konzert durch die Fußgängerzone von Rottmannsthal liefen. Durch das Festival war die Geschäftsstraße übersät mit Menschen, und an den Tischen vor den Restaurants waren kaum mehr freie Plätze zu finden. Jonas hatte eigentlich wieder im Hotel essen wollen,

152

aber sie hätte es nicht ausgehalten, den ganzen Abend mit ihm am Tisch zu sitzen und verbergen zu müssen, was sie für ihn fühlte. Im Tumult der Stadt war es viel einfacher.

„Hast du denn noch immer keinen Hunger?", fragte er.

Sie schüttelte den Kopf und warf im Vorübergehen einen Blick in die Schaufenster, um ihn nicht ansehen zu müssen.

„Aber du musst was essen, sonst wirst du wirklich noch krank."

„Später vielleicht", sagte sie.

Irgendwann ließ sie sich dann aber doch zu einer Currywurst am Kiosk überreden. Danach konnte sie vorgeben, Magenschmerzen zu haben und wollte zurück ins Jugendzentrum, um sich hinzulegen.

Auf dem Weg dorthin sprachen sie nur wenig, doch die ganze Zeit über beobachtete er sie bekümmert, und es bedrückte sie, dass er sich ihretwegen schon wieder Sorgen machte.

Vor dem Eingang vom Zentrum blieben sie noch einen Augenblick lang stehen.

„Ich glaube, ich weiß, was dir die Magenschmerzen verursacht", sagte er auf einmal. Sie sah ihn erschrocken an. Sollte er tatsächlich gemerkt haben, was mit mir los war?

„Es ist Rastatt, das dir im Magen liegt, stimmt's?"

Sie atmete auf. Gut, so ganz unrecht hatte er ja nicht, sie hatte ein bisschen Angst vor dem, was sie erwartete, doch die Angst, er könnte herausfinden, was sie für ihn empfand, war noch viel größer. Allerdings war sie nun froh, dass er etwas gefunden hatte, worauf er ihre schlechte Verfassung schieben konnte.

Er fuhr ihr mit einer liebevollen Geste über die Wange. „Kia, du fährst doch nicht in ein anderes Land."

Sie zuckte leicht zurück unter seiner Berührung und hoffte, dass er es nicht bemerkt hatte.

„Es gibt das Telefon, und ich verspreche dir, ab und zu wird mein grüner Laubfrosch bei dir auftauchen und dich zu einem kleinen Ausflug abholen", redete er lachend weiter. „Und natürlich wirst du auch die *Blueflames* wiedersehen und wiederhören, wenn wir irgendwo in deiner Nähe spielen. Du hast also gar keinen Grund, Trübsal zu blasen."

Sie versuchte, zu lächeln und nickte.

„Also, dann schlaf jetzt mal ganz schnell ein und denk nicht mehr an Rastatt. Gute Nacht, Kleine."

Er fuhr ihr mit der Hand über den Arm, eine kleine nette Geste. Das hatte er schon oft gemacht, und nie hatte sie sich etwas dabei gedacht. Aber heute tat es richtig weh.

„Gute Nacht", sagte auch sie. Flüchtig schaute sie zu ihm auf, senkte den Kopf aber schnell wieder und stürmte an ihm vorbei durch die Tür, ohne sich noch einmal nach ihm umzusehen.

Fast den ganzen nächsten Tag verbrachte sie allein im Garten des Jugendzentrums. Ihr war nicht danach zumute, mit den anderen irgendetwas zu spielen oder zu unternehmen. Auch nicht, allein in der Stadt herumzuspazieren. Einmal zwischendurch hatte Jonas sie angerufen und sie gefragt, ob es ihr wieder besser ginge, und sie hatte versucht, lustig und unbeschwert zu klingen, als sie ihm antwortete: „Oh, ja, mir geht es gut. Alles ist wieder ok. Du brauchst dir keine Sorgen zu machen."

Am Abend machte sie sich schweren Herzens auf den Weg zum letzten *Blueflame*-Konzert, zum letzten Mal für sie auf diesem Festival, und zum letzten Mal für sie für eine lange unbestimmte Zeit.

„Hi, my Freundin Kia", hörte sie Wilson rufen. „Komm mit, ich zeig dir Platz hinter den Kulissen, wo du gute alte Jonas mit Gitarre sehen kannst."

Sie mußte lächeln. „Dich werde ich auch vermissen, Wilson, wenn ich erst in Rastatt bin", sagte sie traurig.

„Aber du kommst wieder. Jonas und ich werden warten auf dich", sagte er und stellte ihr einen alten Hocker hin.

Sie nickte und senkte den Kopf, sie mußte aufpassen, dass

sie nicht wieder anfing zu weinen.

Als Pascal einen Soloauftritt mit seinem Keyboard hatte und die Gitarristen kurz verschnaufen konnten, kam Jonas für einen kurzen Moment hinter der Kulisse hervor, lächelte und fragte Kia: „Alles in Ordnung?" Und sie nickte, lächelte zurück und antwortete: „Alles ok". Doch umso deutlicher begriff sie, wie wenig tatsächlich alles ok war.

Später saßen sie in der Garderobe, und die Musiker diskutierten noch über einige Punkte, die ihren Auftritt betrafen. Martina und Britta waren auch dabei, sie unterhielten sich mit Corinna über Mode. Kia saß ein wenig abseits und hörte keinem richtig zu. ihr Herz fühlte sich an, als wäre es aus Blei. Nicht nur wegen Ahrlingen und Mathilda, nicht nur wegen Rastatt, sondern weil in ihrem Inneren alles durcheinanderging... Sie hätte so gern geweint. Richtig geweint. Doch immer wieder versuchte sie, die Tränen hinunterzuschlucken, bevor sie herauskommen konnten.

„He, was ist los?", fragte Lars, „hast du nicht gehört, was ich dich gefragt habe?"

Sie hatte gar nicht gemerkt, dass er sie angesprochen hatte. Verwirrt schaute sie auf, und sah, dass die Blicke aller auf sie gerichtet waren. Sie versuchte zu lächeln. „Oh, tut mir leid, ich war grad mit den Gedanken ganz weit weg."

Sie lachten. „Das hat man gemerkt."

Und Lars fragte gutgelaunt: „Ich wollte nur wissen, ob wir gut waren heute. Ob du mit uns zufrieden warst."

„Aber ja!" Sie versuchte, lustig zu klingen. „Ihr ward wieder super. Ihr seid einfach die Besten."

Sie brummelten vor sich hin, waren zufrieden mit ihrer Antwort. Auch Jonas hatte zu ihr herübergeschaut, aber sie war seinem Blick schnell ausgewichen.

Es dauerte nicht lange, bis die traurigen Gedanken zurückkamen. Morgen früh würde sie mit Sven und den anderen zurück nach Ahrlingen fahren… Morgen früh…

Sie wurde durch Stühlerücken aufgeschreckt, die Musiker waren aufgestanden. „Bei einem Bier da unten redet sich's leichter", hörte sie sie sagen, und sie schloss daraus, dass sie aufbrechen wollten, um ihre Unterhaltung im Restaurant, das an die Halle angrenzte, fortzusetzen. Nur Jonas war sitzengeblieben. Warum ging er nicht mit? Hatte er nun doch etwas gemerkt und wollte mit mir reden?

„He," sagte Lars zu ihm, „komm mit, da unten ist es gemütlicher."

Jonas hob kurz die Hand. „Gib mir noch ein paar Minuten, ich komme gleich nach."

„Ok", sagte Lars, dann schaute er sich nach Kia um und streckte den Arm nach ihr aus. „Aber du kommst doch mit, Chiara, oder? Komm, ich spendiere dir eine Cola."

Sie hatte die Wahl, die eigentlich keine war, denn was sie auch tat, es würde wehtun. Ging sie mit Lars, würde sie Jonas zurücklassen müssen. Was, wenn er tatsächlich mit ihr reden wollte? Würde sie aber hierbleiben, würde sie ihm gegenüber Theater spielen müssen, um sich nicht zu verraten.

Sie schüttelte den Kopf. „Ich komme mit Jonas nach", sagte sie, „wir haben noch was zu besprechen."

Was sagte sie denn da? Sie schalt mit sich selbst. Da gab es doch gar nichts zu besprechen.

„Aha", meinte Lars, schaute verwundert von einem zum anderen, ging dann aber und schloss die Tür hinter sich.

Als er gegangen war, rutschte Jonas auf der Bank ein Stückchen zu ihr herüber und grinste. „So, so! Was besprechen? Was möchtest du denn noch mit mir besprechen, Kleine?"

Sie winkte ab, sah ihn aber nicht an dabei. „Es ist nichts. Ich hab das doch nur so gesagt, weil ich keine Lust habe, da unten noch stundenlang rumzusitzen."

„Das ist ja was ganz Neues," meinte er lachend. „Sonst

156

gefällt's dir doch immer, dabei zu sein und alles mitzu-
kriegen."

„Heute aber nicht."

„Du scheinst dich immer noch nicht gut zu fühlen. Macht
dir dein Magen noch zu schaffen?" Sie spürte seinen be-
sorgten Blick.

„Nein, nein, es ist alles in Ordnung."

Er schwieg einen Moment. „Ich habe schon gemerkt, dass
du nicht gut drauf bist, dass irgendwas mit dir nicht stimmt.
Gestern schon. Du bist so still, so in dich gekehrt." Und als
sie darauf nicht antwortete, meinte er: „Das hängt doch
nicht nur mit Rastatt zusammen, oder?"

Sie gab ihm keine Antwort.

„Zuerst dachte ich wirklich, du würdest ernsthaft krank
werden, vor lauter Kummer, weil du nach Rastatt mußt.
Aber das ist es nicht, stimmt's?"

Sie hob die Schultern ohne ihn anzusehen.

„Du bist traurig." Das war keine Frage, sondern eine
Feststellung. „Du bist traurig darüber, dass du morgen früh
nach Hause fahren musst, habe ich recht?"

Sie nickte.

„Du hast gehofft, dass sich Mirac doch noch mal bei dir
meldet? Hast du darauf gewartet, dass er noch mal kurz
hier vorbeikommt?"

Sie konnte nichts sagen, denn nun kämpfte sie doch
wieder mit den Tränen.

„Ich kann ja verstehen, dass du Mirac vermisst", sagte er
leise, fast wie zu sich selbst, „seit er weg ist, fehlt er dir, und
wenn du morgen früh nach Ahrlingen fährst, weißt du nicht,
wann du ihn wiedersehen wirst. Und ob überhaupt."

„Mirac spielt überhaupt keine Rolle für mich", antwortete
sie fast ein bisschen zu heftig.

Er wunderte sich. „Nicht? - Ich dachte immer, du wärst
verliebt in ihn."

„Das dachte ich auch, aber so ist es nicht." Sie wußte nicht wohin sie sehen sollte. „Schön, ich hab ihn wirklich gern, aber das geht nicht wirklich tief…"

Er wunderte sich noch immer. „Nicht?"

Und auf einmal fuhr es aus ihr heraus: „Wenn man jemanden *wirklich* liebt, so richtig, meine ich, aus tiefsten Herzen…", und dabei legte sie sich die Hand auf die Brust, „…dann fühlt sich das ganz anders an. Ganz ganz anders." Und schon kamen die ersten Tränen, und sie bemühte sich, sie so schnell wie möglich wegzuwischen.

Er sah sie schweigend an und schien nicht zu wissen, was er von ihr und dem, was sie gerade gesagt hatte, denken sollte. Nach einer Weile nickte er.

„Daraus schließe ich, dass es im Augenblick so jemanden für dich gibt, den du von ganzen Herzen liebst", meinte er. „Auch wenn es nicht Mirac ist."

Sie schluckte.

„Und dass du so traurig und unglücklich darüber bist, dass du morgen fahren musst, sagt mir, dass es jemand von hier ist. Jemand aus dem Team."

Nun waren die Tränen wirklich nicht mehr zu stoppen. Es half nicht, dass sie versuchte, sie mit dem Handrücken aufzuhalten und wegzuwischen.

„Und dass du hier allein sitzt mit all deiner Traurigkeit, - ohne denjenigen, den du so sehr liebst, - dafür kann es zwei Gründe geben", fuhr er leise fort. „Einmal, dass er deine Liebe nicht erwidert, - aber das kann ich mir beim besten Willen nicht vorstellen. Oder dass…", er seufzte, „dass er noch gar nicht weiß, wie sehr du ihn liebst."

Nun weinte sie richtig, und dass sie seinen mitfühlenden und liebevollen Blick auf sich gerichtet spürte, machte es nur noch schlimmer.

„Ist es so? Er weiß nichts davon?"

Sie nickte.

„Aber warum hast du es ihm denn nicht längst gesagt, Kleine. Oder gezeigt. Für eine Frau gibt's doch so viele

Möglichkeiten, es einem Mann zu zeigen, wenn sie ihn liebt."

„Das ging nicht."

Dann fragte er: „Kannst du mir... wenigstens sagen, wer es ist?"

Sie schüttelte heftig den Kopf.

„Du hast kein Vertrauen zu mir..." Seine Stimme klang traurig.

Sie hob den Kopf. „Das ist es nicht, ich vertraue dir! Aber es geht nicht, ich kann nicht, wirklich nicht. ..." Sie wischte sich die Tränen von den Augen.

„Ok." Er nickte. Nach einer Weile sagte er: „Ich mach dir einen Vorschlag, Kia. Man sagt doch immer, wenn man Probleme hat, hilft es, darüber zu reden, dann wären sie leichter zu ertragen. Also erzähl mir einfach von ihm. Sag mir, was dir an ihm besonders gefällt, was dir fehlen wird. Was du fühlst, wenn du an ihn denkst..."

Nun mußte sie wieder richtig weinen.

„Kleine", ich will dir doch nur helfen", sagte er voller Mitgefühl und legte seine Hand auf ihr Knie. Sie schob sie heftig weg, und wußte doch gleichzeitig, dass sie ihm damit sehr wehtat. Sie waren doch immer Vertraute gewesen, beste Freunde, er würde nicht verstehen können, warum sie seine Berührung jetzt nicht ertragen konnte.

„Kia, red über ihn. Du mußt ihn ja gar nicht so deutlich beschreiben, dass ich erkennen kann, wer es ist. Das ist gar nicht notwendig, aber das wird es dir leichter machen."

Sie spürte, wie hilflos er sich fühlte.

„Erzähl mir etwas über ihn, du wirst sehen..."

„Was soll ich dir denn über *dich* erzählen, was du nicht selbst schon weißt", brach es voller Verzweiflung aus ihr heraus.

Danach war es still. Und auch er war still. Sie dachte, er hätte vielleicht gar nicht begriffen, was sie gerade gesagt hatte. Doch er hatte es begriffen, und nach einer Weile sagte er: „Sag, dass das nicht wahr ist."

Sie ballte die Faust. „Wäre dir das lieber? Weil dann alles viel einfacher wäre?" Für eine Sekunde war sie richtig böse, doch dann ließ sie den Kopf sinken und weinte wieder.

„Kia!" Er seufzte tief, und dann fügte er leise hinzu: „Darum geht es doch gar nicht, Kia. Aber wenn ich das richtig verstanden habe... Das geht doch nicht. Ich bin ein alter Mann im Vergleich zu dir..."

„Das Alter spielt doch überhaupt keine Rolle, wenn man sich gern hat. Und ich dachte immer, du hättest mich gern."

„Natürlich hab ich dich gern. Wer hätte dich denn nicht gern..."

Er hatte die Ellenbogen auf seine Knie gestützt und sein Gesicht in seinen Händen vergraben.

„*So* habe ich das nicht gemeint," sagte sie leise. Und ebenso so leise antwortete er: „Ich weiß."

Sein Blick war so voller Traurigkeit, als er die Hände vom Gesicht nahm und sie ansah. „Wie kommst du denn plötzlich auf *mich*?"

Sie schüttelte den Kopf. „Nicht plötzlich, Jonas. Vorgestern beim Konzert... Ich mußte ich dich immer wieder ansehen, ob ich wollte oder nicht. Immer und immer wieder nur dich. Zuerst dachte ich, es wäre nur, weil ich dir so unsagbar dankbar bin für alles, was du für mich getan hast, und weil wir uns nun für einige Zeit nicht mehr so oft sehen werden. Aber das allein war es nicht. Es tat richtig weh da innen drin, und dann ist es mir wie Schuppen von den Augen gefallen, und ich wußte, dass es immer schon du warst! Immer nur du, von Anfang an."

Jetzt war es heraus, - und trotzdem war ihr nicht leichter. Ihr Kopf sank an seine Schulter. „Schick mich nicht weg, Jonas." Sie konnte nur flüstern, sie war so unglücklich und verzweifelt. Und sie hatte Angst.

Da nahm er ihr Gesicht in seine Hände. „Ich schick dich doch nicht weg, meine Kleine, das würde ich niemals tun", sagte er zärtlich. „Niemals! Dafür liebe ich dich doch auch viel zu sehr."

Sie schüttelte den Kopf. „Du musst das jetzt nicht sagen, um mich zu trösten", meinte sie.

Aber auch er schüttelte den Kopf. „Es ist die Wahrheit, Kia, meine Kleine. Ich liebe dich mehr, als du es dir vorstellen kannst. Und ich glaube, auch schon von Anfang an."

Und dann küsste er sie ganz behutsam auf den Mund. Sein Kuss schmeckte salzig nach ihren Tränen, aber trotzdem wollte sie nicht, dass er aufhörte.

Und schließlich fragte sie ihn: „Was machen wir denn jetzt, Jonas?"

Er nahm sie in den Arm, ganz fest. Und ganz lange. „Wir machen genau dasselbe, was andere auch tun, wenn sie festgestellt haben, dass sie sich ineinander verliebt haben: Wir halten uns fest und lassen uns nicht mehr los."

Nach einer Weile mußte er sie aber doch wieder loslassen, er tat das ganz behutsam.

„Hast du deine Sachen im Jugendzentrum schon zusammengepackt?"

Sie nickte.

„Gut, dann fahren wir nachher schnell hin und holen sie, und dann nehme ich dich mit ins Hotel."

„Geht denn das?"

Er lächelte. „Alles geht."

Behutsam strich er ihr das Haar aus der Stirn und küsste sie noch einmal. Er tat das so sanft und zärtlich, als wüsste er genau, dass sie sich erst noch daran gewöhnen mußte.

„Jetzt sollten wir erst mal zu den anderen runtergehen und Sven sagen, dass du morgen früh nicht mitfährst."

An der Tür blieb er noch einmal kurz stehen und lächelte. „Ich denke, es muß ja nicht unbedingt gleich jemand den wahren Grund dafür erfahren, oder?"

Sie lächelte zurück und schüttelte den Kopf.

Als sie ins Restaurant kamen, waren die Blicke aller auf sie gerichtet.

„Na, Besprechung erfolgreich beendet?" fragte Lars grinsend.

Kia nickte. „Ja, erledigt." Dabei war ihr klar, dass sie völlig verheult aussehen mußte, und wer weiß, wie sie sich das erklärten.

Jonas stützte sich auf die Lehne eines leeren Stuhles und sagte zu Sven: „Kia wird morgen früh nicht mit zurück nach Ahrlingen fahren."

„Nicht?" fragte er ganz verwirrt. „Aber sie kann nicht hierbleiben. Das Jugendzentrum ist ab morgen wieder voll belegt, da ist kein Platz mehr für sie."

„Machts nichts, ich nehme sie mit ins Hotel."

Sven fuhr auf. „Bist du dir sicher, dass das in Ordnung ist?"

„Vollkommen sicher."

Auch Lars meldete sich jetzt. „Vielleicht solltest du dir das noch mal überlegen."

„Das muß ich nicht," meinte Jonas, und damit war das Thema für ihn erledigt.

Anstatt sich zu setzen, machte Kia ihm ein Zeichen, weil sie sich im Toiletten- und Waschraum kurz das Gesicht kalt abspülen wollte. Er nickte und setzte sich nun doch.

Es dauerte nicht lange, bis Corinna ihr nachkam.

„Kia, was ist denn los?" fragte sie voller Mitgefühl.

„Was soll denn sein?"

„Du hast geweint."

„Ja, wenn ich heule, sieht man mir das immer noch lange danach an."

„Wollte es Jonas, dass du noch bleibst?"

Sie schüttelte erstaunt den Kopf. „Nein, warum sollte er? Ich wollte nicht nach Hause, das war alles."

„Aber warum denn nicht? Gibt es dafür einen bestimmten Grund?"

„Ja, aber darüber kann ich nicht reden."

„Auch nicht mit mir?"

„Nein."

„Aber mit Jonas hast du darüber geredet?"

„Ja, wir sind schon seit langem gute Freunde, ich vertraue ihm."

„Es ist also *nicht* so, dass *er* unbedingt wollte, dass du bleibst? Dass er dich vielleicht sogar… unter Druck gesetzt hat, *damit* du bleibst?"

„Nein, warum sollte er?", fragte sie noch einmal. „Ich wollte nicht nach Haus, das war auch der Grund, weshalb ich geheult habe. Und jetzt darf ich bleiben."

„In Ordnung", meinte sie, „dann ist das geklärt."

Als sie aus dem Waschraum kamen, schauten alle gespannt auf Corinna. Wahrscheinlich würde sie ihnen Bericht erstatten müssen, sobald sie weg waren, dachte Kia. Jonas konnte sich ein Lächeln nicht verkneifen. Er stand auf, bevor sie sich setzen konnte.

„Ich bring Kia jetzt ins Hotel, in einer halben Stunde bin ich wieder hier. Wenn das für euch ok ist, könntet ihr vielleicht solange warten mit der Besprechung für die Tracklist morgen."

Die Musiker brummten ihre Zustimmung, und Jonas und Kia gingen.

Zuerst fuhr Jonas zum Jugendzentrum, damit Kia ihre Sporttasche holen konnte, danach fuhr er ins Hotel. Sie hatte keine Ahnung, ob er ein extra Zimmer für sie bestellen würde, sie wußte ja nicht einmal, ob es jetzt, während des Festivals, überhaupt noch freie Zimmer gab.

Doch es war *sein* Zimmer, in das er sie einquartierte, sie erkannte das and seinen Sachen.

Er stellte ihre Tasche neben die Badezimmertür, kam zu ihr herüber und nahm sie in den Arm.

Es berührte sie immer noch eigenartig, ihm so nahe zu sein, sich von seinen Armen ganz und gar umschlossen zu fühlen, so dass sie seinen Herzschlag spüren konnte. Das war noch so neu und fremd für sie, und so faszinierend, dass ihr Herz gleich wieder anfing, aufgeregt zu schlagen.

„Es tut mir leid, dass ich noch mal weg muß, aber du weißt ja, die Besprechung ist notwendig", sagte er. „Ich werde aber zusehen, dass ich so schnell wie möglich zurück bin. Du kannst dir ja irgendwie die Zeit vertreiben. Mit Fernsehen, Zeitschriften, einem Buch…"

Dann küsste er sie noch einmal auf diese sanfte Weise, und zaghaft begann sie, seine Küsse zu erwidern.

Als er zur Tür ging, hielt sie ihn auf. „Jonas…?"

Er kam zurück. „Ja?"

„Du hast gesagt, du schickst mich nicht weg."

„Ich werde dich niemals wegschicken."

„Aber wenn ich jetzt nach Rastatt muß…"

Er lächelte. „Du musst nicht nach Rastatt."

„Nicht? Du hast selbst gesagt, dass es wichtig für mich ist, eine Ausbildungsstelle zu finden."

„Das ist es auch. Aber es muß ja nicht unbedingt in Rastatt sein, oder? Ich werde morgen dort anrufen und die Sache klären. Du hast dich doch auch bei einer Firma in Karlsruhe beworben, oder nicht?"

„Ja, aber die haben mir abgesagt."

„Da ist das letzte Wort noch nicht gesprochen. Ich werde mit ihnen reden. Du weißt, ich wohne in Karlsruhe, und wenn es dort klappen würde, brauchten wir nicht extra nach einer Unterkunft für dich zu suchen."

Ihr fiel ein Stein vom Herzen und sie flog ihm um den Hals. „Dann könnten wir zusammenbleiben?"

„Genau, dann könnten wir zusammenbleiben."

Als er gegangen war, schaltete sie den Fernseher ein, aber sie war viel zu aufgeregt, um sich auf irgendetwas zu konzentrieren. Um ehrlich zu sein, sie hatte auch ein bisschen Angst, weil sie nicht wußte, wie Jonas sich die erste Nacht mit ihr vorstellte. Sie hatte doch von nichts eine Ahnung…

Aber sie vertraute ihm. Er würde ihr all das sagen, was sie wissen mußte. - Und trotzdem…

Als so viel Zeit vergangen war, dass sie damit rechnen mußte, dass er bald zurückkommen würde, löschte sie das Licht. Sie legte sich ins Bett, deckte sich bis oben hin zu und schloss die Augen.

Als sie ihn die Tür öffnen hörte, blinzelte sie, rührte sich aber nicht. Sie hoffte, dass er ihr nicht böse war, wenn er davon ausgehen mußte, dass sie schon eingeschlafen war.

Er versuchte, ganz leise zu sein und keinen Lärm zu machen, der sie wecken könnte. Eine Weile verschwand er im Bad, danach kam er ganz leise zu ihr herüber, schob die Bettdecke etwas zu Seite und legte sich zu ihr. Ganz vorsichtig. Sie knurrte ein wenig, so als ob sie schliefe.

„Alles ist gut, meine Kleine", flüsterte er und legte behutsam seinen Arm um sie. „Alles ist gut."

Als sie am nächsten Morgen aufwachte, war Jonas schon aufgestanden. Es dauerte eine Sekunde, bis sie sich wieder an alles erinnerte, was sie am Tage zuvor erlebt hatte, und ihr Herz fing wieder an, verrückt zu spielen, weil sie es fast nicht glauben konnte, dass das alles nicht nur ein Traum gewesen war. Sie setzte sich im Bett auf und hörte Jonas im Bad hantieren. Aber er hatte bemerkt, dass sie wach war, kam zu ihr herüber und setzte sich auf die Bettkante.

„Guten Morgen, meine Kleine", sagte er, und sein Sonnenscheinlachen brachte ihr Herz zum Schmelzen, „hast du gut geschlafen?"

Sie hob die Schultern. „Ich weiß nicht, ich hoffe, ich habe nicht um mich geschlagen, das mache ich nämlich manchmal im Schlaf."

„Na, da werde ich gleich mal nachsehen müssen, ob ich irgendwo blaue Flecken habe."

Er war noch nicht rasiert, und sie mußte lachen, weil es lustig aussah die kleinen Stoppeln überall in seinem Gesicht. So hatte sie ihn noch nie gesehen. Und sie kitzelten sie, als er vorsichtig näherkam, um ihr einen Guten-Morgen-Kuss zu geben.

„Jonas, bist du mir böse, weil ich gestern schon geschlafen habe, als du zurückgekommen bist?"

„Aber nein, warum sollte ich dir deshalb böse sein?"

„Ich dachte, weil du vielleicht... Ich weiß ja nicht, ob du..."

Er lächelte. „Mach dir darüber keine Gedanken."

„Jonas, ich...," sie senkte den Kopf. „Es ist nicht wahr, ich habe noch gar nicht geschlafen", gestand sie ihm.

Er lächelte. „Ich weiß, ich habe gesehen, dass du geblinzelt hast."

„Es tut mir leid."

„Das muß dir nicht leidtun. Wahrscheinlich warst du tatsächlich müde."

„Nein. Ich hatte Angst."

„Aber Kia, wie kannst du vor mir Angst haben! Warum denn bloß."

„Das kannst du dir doch denken. Ich wußte doch gar nicht, was ich tun und wie ich mich verhalten sollte. Ich möchte doch alles richtig machen, aber ich weiß doch nicht, wie..."

„Kia!" Er nahm ihre Hände. „Du hast doch gesagt, dass du mich liebhast, stimmt's?"

„Ja."

„Dann zeig's mit einfach."

„Wie denn?"

„Wie du willst."

„Was meinst du damit?"

„Ich meine es so, wie ich es sage: Zeig es mir auf die Art, wie du es mir zeigen *willst*. Egal wie. Was immer du tust, es ist richtig. Es gibt nichts, was du tun *mußt*, es gibt aber auch nichts, was du *nicht* tun darfst. Verstehst du?"

Er küsste sie noch einmal mit seinem stoppeligen Bart. Es

war so schön, ihm so nah zu sein, seine Lippen zu schmecken, sein Gesicht zu berühren, die Falte über seiner Nasenwurzel…

Wie lange hätte sie das schon haben können, wenn sie früher in sich hineingehört und begriffen hätte, was ihr wirklich gefehlt hat.

Er stand auf. „So, und nun mach, dass du ins Bad kommst, damit wir bald frühstücken können. Ich bin schon hungrig wie ein Bär.“

Sie mußte lachen und streckte sich. Sie fühlte sich so glücklich, wie nie zuvor in ihrem Leben, und sie wußte, das würde so bleiben, solange er bei ihr war.

Weitere von Doris Bühler erschienene Romane:

Queenie (2011)

Ramy und Chris (2013)

Irrlichter (2013)

Der Andere (2014)

Wechselspiel (2015)

Das Haus im Nirgendwo (2016)

Im Netz der Lügen (2019)

Dark Moon (2020)

Timeflyer-Trilogie:
I - Goodbye Charly
II- So long Ronnie
III- Lebwohl Mellie

X-MH46 – Die andere Welt (2021)

Begegnung in Paris (2012)
(12 Kurzgeschichten)

Alle Bücher erhältlich bei
Amazon

Doris Bühler
DoBuehler@t-online.de